Only you
ーリ・クルスー　下巻

アリスソフト　原作
高橋恒星　著
ささかまめぐみ　画

PARADIGM NOVELS 164

登場人物

魔神勇二 YUUJI MAGAMI

鳳凰学園の格闘部主将。閃真流人応派の使い手で、全国格闘技選手権のチャンピオン。「破滅をもたらす者」として、刺客から命をねらわれることになる。

秋月まゆ MAYU AKIZUKI

勇二の幼なじみ。心優しく家庭的な性格で、格闘部のマネージャーを務める。ずっと好きだった勇二とついに結ばれるが、背中に逆十字のあざが現れ…。

鈴麗蘭 RIN REIRAN

中国の暗殺組織をまとめている鈴家の当主。当主である証の、純白の羽根を持つ。冷酷な暗殺者だが、相棒である黒豹のガルムにだけは心を許している。

燐藍花 RIN AIKA

鈴家の先代当主の孫にあたる少女。静斬鬼と呼ばれ、ワイヤー状の武器でターゲットを切り裂く。幼いころは、麗蘭と姉妹のように仲良く育ってきた。

鏡守萌木 MOEGI KAGAMIMORI

よもぎ餅を愛する、鏡守神社の巫女。のんびりした性格で、ぼーっとしていることが多い。勇二により、二千年にも及ぶ母親との因縁から解放された。

天童来夢 RAIMU TENDOU

発明やコンピューター操作を得意とする天才少女。孤独の悲しみから救ってくれた勇二を慕っている。さまざまな発明やハッキングで勇二を手助けする。

軽井沢成美 NARUMI KARUIZAWA

大阪から転校してきたナニワ娘。まゆのボケに対し、すかさずツッコミを入れる、迷漫才コンビ。マウンテンバイクが趣味で、サイクリング同好会に所属。

タイガージョー

虎頭の男。勇二が悩めるときや危機に現れ、愛の鉄拳と共に叱咤し、彼を正しい道に導いてくれる。勇二と同じ閃真流人応派を使っているが、その正体は…!?

鴉丸羅喉 RAGOU KARASUMA

閃真流神応派の使い手。過去に世界格闘技選手権の決勝で、勇一と死闘を繰り広げたことがある。「組織」とは別の理由で勇二の命をねらっている。

鴉丸雪 YUKI KARASUMA

羅喉の最愛の妹。テレパシーや予知能力など数種類の能力を使える、天才超能力者。そのため「組織」から、研究の対象として目を付けられていたが…。

ルワイル・ルワイン

一見少年のようだが、「組織」からの命で各国から派遣された暗殺者たちを束ねている実力者。すべてを見通すといわれる「賢者の目」の能力をを持っている。

シモーヌ・京子・ホワイト KYOUKO

ハーフの英語教師で、格闘部の顧問。かつては勇一と恋人同士だったが、勇一の失踪事件以来、疎遠になっている。

魔神勇一 YUUICHI MAGAMI

勇二の兄。世界格闘技選手権の優勝者。二年前にニューヨークで行方不明になっていたが、一ヵ月前にN市に帰ってきた。

目　次

第七話　敵か味方か？　妖艶なる刺客、鈴麗蘭

『……もしかしたら、ここが新たなるノアの箱舟になるかもしれませんね』

宇宙ステーションΣ《シグマ》における形式上の最高責任者たる長官は、先刻自分のもとを訪れた副官のボーナムが去り際に洩《も》らしたその言葉を思い出し、ため息をついた。

ため息の訳は、『破滅を招くもの』と名付けられた未知のエネルギー生命体が冥王星《めいおうせい》を皮切りに次々と太陽系の星々を吸収し、依然として地球を目指している絶望的事態だけは無論だったがそれだけではない。

最新鋭の核融合炉を有しているこの宇宙ステーションΣだけはその難を逃れ、地球のバックアップなしに人類の種を存続できると、部下のボーナムが知らせてきたことにもある。

選ばれた民の一人……ボーナムの目の輝きは明らかにその事実に酔いしれていた。

長官はとてもそんな風に考えられなかった。個人の資質というよりも初老を迎える彼の年齢に原因があったのだろう。実際、彼もこの宇宙ステーションΣに初めて踏み入れた時には地上にいる者たちに対して多少の優越感を感じていたのだから。

「……ボーナムくん、彼とて夢想のうちはいいが、現実に地球が消滅してしまったらああはいくまい。だとしたら……あの方たちはどうなのだろうか？」

長官が洩らした「あの方たち」とは、影の……否、実質上の宇宙ステーションΣを掌握している者たちのことだった。

その存在はこのステーションで長官のみが知る秘密で、彼も又、定期的に報告をし一方的に指示を下されるだけで、彼らの真の正体は知らない。おそらくは彼らがこの宇宙ステーションΣに存在しているであろうこと以外は。

あと一つ確証はないが、長官は察していた。彼らはこの宇宙ステーションΣの設立の中心となった『組織』を束ねる者たちなのだろうと。

「……そうでなければ、あの方たちの反応は解せない。このような危機的事態をまるでハリウッド映画を楽しむかの如《ごと》き、あの反応は……」

目の前のデスク上に立てかけられた写真、そこで笑顔を見せている孫娘を見ると、『あの方たち』に対して義憤の念にかられないでもなかったが、長官にとってやはり彼らは大いなる畏怖《いふ》の対象であった。

そして、長官は一人の人物について思いを馳《は》せる。その『組織』に命を狙《ねら》われ、未《いま》だ死なずにいる者、『破滅を招くもの』が目指している『破滅をもたらす者』のことだ。

「日本人の若者ということらしいが……そういえば、太平洋戦争に参加した叔父貴が生前に言っていたな。ジャップのヤマトダマシイとやらはクレイジーだと……」

宇宙の彼方《かなた》から『破滅を招くもの』が飛来してきて以来、すっかり厭世観《えんせいかん》の虜《とりこ》になっていた長官だったが、ふと『破滅をもたらす者』に一度会ってみたいとその時思った。

☆　　☆　　☆

その『破滅をもたらす者』、魔神勇二《まがみゆうじ》は今、夢の中にいた。

それも、これで幾度目となろうか、悪夢を。あの惨劇の日の光景を。

『勇二か……遅かったな。辛うじて生き残っているのは……もう、この恵《めぐみ》だけだぞ』

父母が血の海に沈む前で、かけがえのない妹の恵、その首を片手で絞めつけている兄、勇一《ゆういち》の非情な言葉が、勇二を苦しめる。

「やめろ……やめてくれ、兄さん！」

閃真流人応派格闘術《せんしんりゅう》を指南してくれた師であり、目指す目標でもあった兄の勇一。

彼が父母のそして恵の仇《あだ》となってからは、『兄さん』と呼ぶのを自らに禁じていた勇二も夢の中ではついそう呼んでしまう。心のどこかでそれが間違いであってほしいと勇二が望んでいたからであろう。

その望みは行動にも表れた。勇二は目の前の勇一の姿を振り払おうと拳《こぶし》を揮《ふる》う。

が、それはあっけなく空を切り、逆に勇二は地に叩《たた》きつけられる結果となった。

『腑《ふ》抜《ぬ》けが！　刻印が発動しても、この程度とはな……やはり、ここで殺すか』

圧倒的な力を発しながら勇二を見下ろすのは、いつの間にか勇一からその好敵手だった鴉丸《からすま》へと変わっていた。不敵な笑みを帯びた鴉丸の視線が勇二を捉《とら》える。

夢の中でも家族を救えない無念を、そして鴉丸に敗北した記憶が勇二を怒りへと導く。

「か、鴉丸……！　く、くそーっ！　こんなところで死んでたまるかーっ！」

勇二の握りしめられた拳、それが小さな手によってそっと包まれる。

第七話　敵か味方か？　妖艶なる刺客、鈴麗蘭

『運命に負けないで……約束だよ、おにいちゃん』

死して魂となっても勇二を気遣う、妹の恵。その姿に、もう一人の妹とも呼べる存在、父母を亡くしたった独りで生きていた天才少女、天童来夢《てんどうらいむ》の姿が重なる。

『一つだけお願い聞いてくれる？　これから『勇二お兄ちゃん』って呼んでもいい？』

恵と来夢、二人の想《おも》いが、怒りに我を忘れそうになる勇二の心を解きほぐした。

そのお礼でもあるように、勇二は目の前の恵を、来夢をぎゅっと抱きしめる。

すると、それは別なものへと、仄《ほの》かに甘い香りを漂わせる女性に変わった。

『私に勇二さまの強さをお分けください……その……お情けと共に……』

忌むべきものとなってしまった母親、阿眞女《あまめ》を封じる『神女《かみめ》』の宿命を背負い、二千年の長い時を生きてきた、鏡守萌木《かがみもりもえぎ》である。

「も、萌木！　す、すまない。これは……」

慌てて身体《からだ》を離す勇二に、萌木は淋《さみ》しげに微笑《ほほえ》みかける。

『勇二さまには、もう他《ほか》に愛する御方がいるのですね……』

「えっ……いや、それは……」

言いよどむ勇二を置いてきぼりにして、萌木の姿はゆっくりと遠ざかる。

代わりに勇二の頭上には、彼を覗《のぞ》き込むように一人の女性の顔が浮かんだ。

『…勇二くん、お弁当作って持ってきたの。食べてくれるよね、わたしのお弁当。さあ、

おへんとうは如何《いか》に？　な〜んて』

こんなサブサブのダジャレを口にする人物……いや、勇二の夢だからして彼がそう認識している人物は一人しかいない。幼なじみの秋月《あきづき》まゆ、その人だ。

「秋月か……えっ？　じゃあ、今さっき萌木が口にした、俺《おれ》の……ってことに……」

勇二が何やら戸惑っている隙《すき》に、まゆのお弁当は何者かによって掠《かす》め取られる。

『ふっ……お前にこの弁当は分不相応だ。よって、この私が頂く』

そう言ってまゆの手作り弁当を食べ始めたのは、虎《とら》のマスクの正体不明の男、タイガージョーだった。これまでに勇二が迷うたびに幾度も指針を与えてきた彼は、ここでもお得意の説教を忘れない。

『ううむ……美味《うま》い、美味いぞ！　やはり、少女の思いやりを無にする男になど、勿体《もったい》ない味だ。勇二よ、私が全てたいらげるのをその目でしかと見ているがよい！』

タイガージョーはまゆの弁当を綺麗《きれい》に食べ尽くすと、その空になった弁当箱に一輪の薔《ば》薇《ら》の花を添えるという気配りまで見せる。

「くっ……負けた。完全なる敗北。俺は未熟者だ。もっと鍛えねばならない。そう、二度と秋月の弁当を奪われぬために……！」

『この馬鹿者《ばかもの》があっ！　そういうことではないわ！』

バキィイイイッ！

第七話　敵か味方か？　妖艶なる刺客、鈴麗蘭

例の如くタイガージョーの鉄拳《てっけん》が炸裂《さくれつ》し、勇二は夢から覚めた……。

……勇二が目覚めたのは、閃真流人応派が古来より修行場としてきた山中にある山小屋の中だ。そこは今は亡き建築家の父がたった一人で設計から製作までこなして完成させたもので、今、勇二が起き上がったベッドも又、父親の手作りの品であった。

『おにいちゃん、起きて……おにいちゃんってばぁ！』

山小屋を住処《すみか》として以来、毎朝目を覚ますたびに勇二は心の隅で期待していた。そんな声で起こされることを。以前、妹の恵が毎朝欠かさずそうしてくれたように。

だが、恵はもういない。叶《かな》わぬ願いを振りきって、勇二は決意を言葉にする。

「アメリカ合衆国……そこに俺を抹殺せんとする『組織』の本拠地があるのかどうかは分からない。刺客たちの襲撃が更に苛烈《かれつ》なものになるだろうことは確かだが、それでも俺は正面から堂々と乗り込んでいってやる！」

勇二の意気込みに応《こた》えるが如く、仄かに熱を帯びる右腕の逆十字の刻印。

その謎《なぞ》を明らかにするためにも、兄の勇一が何故《なぜ》家族を手にかけねばならなかったのかを知るためにも、勇二は旅立たなければならないと感じていた。

☆　☆　☆

渡米の日を明日と決めたこの日、勇二はしばしの別れと知人たちを訪問していく。

最初に訪れたのは来夢の家で、これには理由があった。

もともと米国に『組織』の手がかりがあると分かったのは、来夢からの情報だったわけで、それほど事情に詳しい彼女だからこっそりついてきかねないと心配し、それに釘《くぎ》をさしておく必要があったというわけだ。

「……うん。分かってるって、勇二お兄ちゃん。来夢、足手まといになりたくないし」

意外にもあっさりそう述べる来夢。しかし、「ぶにょにょ～ん」と登場した来夢の発明品にして友達の山椒魚型《さんしょううおがた》ロボイド『さんちゃん』が咥《くわ》えて持ってきたバッグ、渡米のために彼女が準備した荷物の中身に、勇二の目が点になる。

「来夢……着替えとかはいいとして、この飛び道具らしきものがいろいろとあるのは……」

「うん！　ぜ～んぶ、来夢が開発した秘密兵器！　これがフルオートの反陽子銃で、こっちのがビリビリ手裏剣で……あっ、税関のチェックなら大丈夫だから」

「いや、そういう問題ではないのだが……それに、閃真流格闘術にとって武器とは我が肉体があるのみ！」

好意だけありがたく受け取り、勇二がその秘密兵器をバッグから排除していると、来夢はポケットから大事そうに何かを取り出した。

「来夢ね、今まで神様って信じなかったんだけど……でも、勇二お兄ちゃんと出会わせてくれたことには感謝してるんだ。だから、これを……」

来夢が勇二に差し出したのは、お守りだった。

「そうか……ありがとう、来夢……ん？　安産祈願？」

「え～っ？　やだっ、どうして？　萌木お姉ちゃんにはちゃんと頼んだはずなのに……」

「萌木に？　ううむ、間違えたのか、はたまたワザとか……だが、これで別に問題はない。来夢が俺を心配してくれる気持ちこそが一番のお守りだからな」

勇二のその言葉が、堪《こら》えていた来夢の感情を爆発させた。

「絶対……絶対、無事に帰ってきてね、勇二お兄ちゃん。グスッ……来夢、ずっと待ってるから……うぅっ……待ってるから……」

ポロポロと涙を流す来夢を、その姿を「にょにょん？」と心配そうに見守る『さんちゃん』を、勇二はしっかりとその胸に抱きしめた。

☆　　☆　　☆

次に勇二が訪れたのは、鏡守神社、萌木のところであった。

「勇二さま、丁度いいところに。実験……いえ、よもぎ餅《もち》の試食を是非に」

縁側で宮司の蘇芳《すおう》が作った新作、『甘さ控えめ、キシリトール入りよもぎ餅』を御馳走《ごちそう》になりながら、勇二は「明日、渡米する」と萌木に伝える。

「そうですか……勇二さま、何かあった時にはいつでも来てください。尤《もっと》も、あの封印の儀以来、私にはほとんど神女としての力が残っていませんので、こうしてよもぎ餅を御馳走してあげることくらいしかできませんが」

「それで充分だよ。あと悪いが、俺がいない間、来夢のことを頼む……あっ、来夢といえば、お守りのことなんだが……」

勇二が例の『安産祈願』のお守りについて触れると、萌木はキラリと目を輝かせる。

「勇二さま。私の口から避妊をした方が……などとは口にできません。ですから、あのお守りはせめてもの配慮というわけでして……」

「ちょ、ちょっと待ってくれ、萌木。俺は来夢とはそういう関係ではない。来夢は俺にとって言わば妹のようなものだから……」

「えっ！　勇二さまは妹さんとそのようなことを……でしたら、これからは私をお姉さんだと思って……そのぉ……私が生まれた時代、近親婚は珍しくはありませんでしたし」

萌木にからかわれるのは、勇二にとってもう宿命のようなものだろう。

最後にはやはり「火打石がありませんので、代わりに……えいっ！」と竹箒《たけぼうき》で後ろ頭を叩いて送り出す萌木であった。

☆　　　☆　　　☆

鏡守神社を後にした勇二が、格闘部の後輩だった仁藤美咲《にとうみさき》の自宅、仁藤流柔術道場に到着した時にはもう夕刻になっていた。

「とりゃあああっ！　えーーーいっ！　はぁぁぁっ！」

道場の外にも響く、聞き覚えのある声が、まず勇二にとって嬉《うれ》しい誤算だった。

中を覗くと、美咲が門下生を相手に元気に稽古《けいこ》をこなしていた。

その姿は、勇二を狙う暗殺者の一人、バリッシャーの手によって身体よりも心に傷を負わされて落ち込んでいた状態から美咲が立ち直ったことを証明している。

「あっ……先輩！　お久しぶりです。一度ボクの方から挨拶《あいさつ》に行こうと思ってたんですが、先輩の修行の妨げになっちゃうかなって……それに、この前、先輩には……」

「いや、そんなことは気にするな。俺は美咲が武道をやめていなかっただけで……」

勇二が話を聞くと、驚くべきことに美咲が立ち直ったきっかけを作ったのは鴉丸だった。

なんでも鴉丸は美咲の亡き父親とは野試合をしたことがあるらしく、その縁で先日この道場にふらりと現れ、彼女に稽古をつけてくれたという話だった。

「……稽古といっても、ボクが一方的にボコボコにされちゃいましたけど。『女であることに甘えるな』って言われて……でも、その通りでした。ボクは亡くなったお父さんにも、そして先輩にもどこか甘えてたんです。女であることを言い訳にして」

「そうか……俺はそうは思わないが、美咲がそう考えたのならそれでいい」

「それに、あの鴉丸って人、それほど悪い人じゃないなって……気遣ってくれたのか、ボクの顔だけは狙わなかったし……その代わり、他は痣《あざ》だらけになっちゃいましたけど」

そう言って、美咲は胸元を開いて身体についた痣を見せようとする。慌てて視線を逸《そ》らす勇二に屈託のない笑みを浮かべる美咲は、彼に対して抱いていた淡い想いに関してもどこか自分なりに吹っ切ったようだ。

「第一、いつまでもウジウジしてたら、あの時にボクを助けようと大怪我《おおけが》までして頑張ってくれた若人《わかと》先輩にも申し訳ないかなって……」

噂《うわさ》をすればなんとやら、プロの暗殺者のバリッシャーから美咲を庇《かば》い、名誉の傷を負わされた若人淳《じゅん》、勇二の親友でもある彼が松葉杖《まつばづえ》をついて姿を見せた。

「やあやあやあ、やってるね、諸君！　おっ、勇二ぃ！　ったく、一度っきりしか見舞いに来ないで、この薄情もんが！」

「もう、若人先輩ったら、又、病院を勝手に脱け出したりして！」

「まあまあ、美咲もそんなに目くじら立てるなって。これもリハビリ、リハビリ！　僕も早くギブスを取ってバリバリやりたいんだよ。病院のベッドで新必殺技の名称も考えたんだぜ。『若人ファイナルレインボーパンチ』っていうんだけど、どーだ、勇二？」

「いや、若人、どうだって聞かれてもなぁ……」

「若人先輩、ネーミングだけ決めても意味ないって。それに、センスも悪いにゃん」

語尾に「にゃん」をつけ、ネコ化してからかうのは以前と変わらなかったが、『若人』と呼び捨てではなく『先輩』が加えられたのは、ひそかに特別な感情を美咲に持っている若人には大きな前進に違いない。

勇二も日本を離れる前に、そんな二人の姿を見ることができたのは何よりの喜びだった。

「……京子《きょうこ》先生」

☆　　☆　　☆

「あっ……魔神くん。そのぉ……元気そうね」

美咲の家からの帰り道、勇二が格闘部の顧問である京子に出くわしたのは偶然ではない。美咲がバリッシャーに拉致《らち》された事件以来、京子は勇二と親しかった者たちに異常がないかどうか、それとなく見回るようにしていたのだった。

こういうことには勘が利く勇二はそれを察して、「申し訳ありません」と頭を下げる。

しかし、その次の言葉が出てこなかった。京子を見てしまうと、どうしても彼女と恋人関係にあった兄の勇一を思い出してしまう。京子の方もそれは同様で、道端に立ち尽くす二人の間には気まずい沈黙が流れる。

「えっ……ああ、これね。気になるのかしら、これが？」

口を開いたのは京子だったが、そうさせたのは勇二の視線にあった。彼の目は京子がつけているイヤリングに注がれていたのだ。

（いつも京子先生はアクセサリーの類《たぐい》を身につけたりはしない……はずだ。格闘技の心得があるだけに、何かあった場合、装飾品がどれほど危険であるか知っているから……だから、京子先生もそうだと思っていたのだが）

それが、観察力は優れていても女心の分からない勇二の注視の理由であった。

対して、京子は少女のように頬《ほお》を染める恥じらいを見せつつ言った。

「……これ、前にあの人がプレゼントしてくれたものなの」

京子が口にした『あの人』とは、言うまでもなく勇二の兄、勇一のことだ。

「一昨日が丁度その日、あの人がプレゼントしてくれた日だったから、記念日っていうか、つけてみたくなって、そのまま今日も……ふふっ、馬鹿みたいだって思うでしょ？」

「いえ、そんなことは……」

以前に、「兄は死んだものと思ってください」とまで口にした勇二は、それ以上の言葉はなかった。構わず京子は、耳のイヤリングを指の腹で転がしながら続ける。

「いいのよ。自分でも変かなって思ってるんだから。でもね、魔神くん。私、これをつけていたら、あの人が私の前に帰ってきてくれるって気が……いいえ、そう信じてるの」

京子の揺るぎない自信に満ちた言葉を耳にして、勇二はあの惨劇の日の前日に兄の勇一が彼に語ったことを思い出す。『男が生きていく上で必要なもの、力の源となるものが二つある。その一つは……生涯、愛する女』という言葉を。

そのせいだろう、別れ際になって勇二は京子に告げた。

「想いは……その先生の想いだけはずっと残るもので……真実ですから……」

京子から返ってきたのは、「ありがとう……」という、短いがこれも又偽りのない感謝の言葉だった。

勇二の足は最後にまゆの家に向けられた。が、その門の前で止まってしまう。

それを後押ししたのは、いきなり背後から聞こえた元気すぎるほどのナニワ娘の声だ。

「おやおや、誰《だれ》かと思たら魔神くんやないの。まゆんとこの玄関前でうろうろしとるっちゅーことは……ははぁ～ん、いわゆる『お宅のお嬢さんを俺にください』やなぁ」

「か、軽井沢《かるいざわ》？　ば、馬鹿なことを言うな！　俺は別にそんなつもりは……」

勇二とまゆの共通の友人、ツッコミならお任せの軽井沢成美《なるみ》が、彼女のトレードマークの一つ、ポニーテールを振り振り、勇二をまゆの家の玄関へと押し立てていく。

「魔神くんと会わんと、まゆがいつものサブサブギャグを言ってくれんのや。あのままやと、せっかくの才能が宝の持ち腐れやろ？　ちゅーことで……」

おまけに、成美は勝手に呼び鈴を押してしまう。こうなると、生真面目《きまじめ》な勇二としてはまさか『ピンポンダッシュ』するわけにはいかず、玄関の前から動けなくなる。

「ささっ、粗末なとこやけど遠慮せずに上がっていきや」

「あのなぁ、軽井沢、お前の家では……第一、お前も秋月に用があるんじゃないのか？」

「まゆとうちは飽くまでも漫才コンビや。らぶらぶカップルの邪魔はせえへんの。ほなな」

成美は軽快なステップで勇二から離れていく。

少しして、玄関の扉が開けられてその中に勇二が入っていくのを見届けると、成美は少

☆　☆　☆

しだけ淋しそうに呟《つぶや》いた。

「ほんま、じれったい二人やで。全く、なんでうちがこないなことを……」

☆　　　☆　　　☆

そして秋月家では、勇二の予期せぬ訪問にまゆは嬉しさを隠せない。

「ゆ、ゆ、勇二くん！　えと、その、あの……とにかく、上がって、上がって」

まゆは言葉だけでは飽き足らず、このまま立ち去られてはいけないと勇二の腕にしがみついた。すぐに自分のした大胆な行為に顔を真っ赤にして照れる始末だったが。

「そうだな。秋月のおじさんとおばさんにも御無沙汰《ごぶさた》していたし。お邪魔させてもらうよ」

嬉しさで半ばパニック状態のまゆに比べて、その両親、『将人《まさと》』と『蒔絵《まきえ》』はどうだったかというと、『まーくん』『まきちゃん』と呼び合う、いつまでも恋人同士のような夫婦なだけに、勇二への歓迎ぶりも実にそれらしい。

「もう、勇ちゃんったら、全然、顔見せないんだからつれないわよねぇ。もしかして、ウチのまゆの身体に飽きちゃったのかしらぁ？」

「な、な、な、何言ってるのよ、お母さん！」

母親、蒔絵のいきなりの爆弾トークに、娘のまゆの顔は遂《つい》に完熟トマトと化した。

父親の将人の方も負けてはいない。

「はっはっは、まきちゃんの娘だから、それは大丈夫！　いいかね、勇二くん。私は今も

一日に一つはまきちゃんの魅力に気付かされる。だから、まゆの場合も……分かるね？」

「う〜〜〜、お父さんまで訳の分からないことを……」

まゆばかりか、勇二も返す言葉が見つからず、ただ「はぁ……」と答えるのみだ。

「でも、ここはアタシのセールストークも必要よね。勇ちゃん、ウチのまゆはとことん尽くすタイプよぉ。家事はいちおー仕込んであるしぃ、アタシ譲りの美貌《びぼう》も備えてるしぃ」

「全くもってその通り！　勇二くんも異論はないよな。そう、あるわけがないっ！」

こう言われて、「ある」と答えられる者は滅多にいないだろう。

「その上、なんといっても、健気《けなげ》！　この子ね、毎日勇ちゃんのことを想って部屋に花を活《い》けてるんだけどぉ。それってリンドウの花なんだけど、その花言葉がねぇ……」

「わわわわ……お母さん、それ以上言ったら駄目だからね！」

リンドウどころか、花言葉など皆目知らない勇二も、これには興味をそそられた。しかし、「絶対、駄目！」と目で訴えてくるまゆに負けて、勇二はその追及を諦《あきら》める。

「まあ、ともかくだ、勇二くん。身も心もどっぷりとはまれる恋はいいぞ。いい意味でも悪い意味でも人を変えてくれるからな」

特に今までと口調を変えたわけではないのに、将人のその言葉は勇二の心に重く響いた。

少し前の勇二だったならば、「いいえ、俺はまだ修行中の身ですから」とでも言っていただろうが、今は（そういうものなのかもしれない）と心で呟いていた。

将人もそこで留めておけば、締めの台詞《せりふ》としてよかったのだが……。

「ちなみに、私とまきちゃんはいい意味ばっかりだけどな。わっはっはっは……何か初々しい二人にあてられてしまったな。よし、まきちゃん、今夜は目一杯、励むとしよう」

「まーくんったら。うふんっ♪　アタシはいつでもOKよ。なんなら、今からでも……」

「ふ、二人とも……勇二くんの前で、何を馬鹿なこと言ってるのよ～～っ！」

とうとう、まゆが雷を落とす。しかし、それで黙るらぶらぶ夫婦ではない。

「あ～ら、馬鹿なことってな～に、まゆ？　具体的に言ってみてちょうだいよ」

「そうだぞ、まゆ。まきちゃんのアレをこーしてナニだとか」

「そうそう。まーくんのソレをアレしてこーだとか……ねっ♪」

「おっ、お父さんとお母さんの馬鹿ぁ……もう、知らないっ！」

ぷいっとそっぽを向いて拗《す》ねるまゆに、それを「まあまあ」となだめる将人と蒔絵。

多少あ然としつつも、家族団欒《かぞくだんらん》の和やかな空気に触れ、勇二の胸は懐かしいもので満たされていた。

☆　☆　☆

その同じ頃《ころ》、勇二たちの住むN市の某所。

僅《わず》かに明かりが灯《とも》されているだけで、ほとんどは闇《やみ》という状況の中に彼はいた。

「全てを見抜くと言われた、この僕の『賢者の目』……それでも全てを見抜けぬ者が二人いる。鈴麗蘭《りんれいらん》と『破滅をもたらす者』……さて、どちらが……いや、それとも……」

暗殺者たちを指揮する存在、『組織』直属の少年、ルワイル・ルワインである。

彼の独り言を妨げたのは、暗殺者の一人、『千面鬼』の異名を持つ男、李飛孔《りひこう》だ。

「ルワイル……さしでがましいとは思いますが……」

その言葉で始まった李飛孔の進言は、端的にいえば抗議であった。どうやら、鈴麗蘭に『破滅をもたらす者』の抹殺を依頼したことが不服らしい。

「我が中国の暗殺者たちの総元締めである鈴家の御当主ならば、必ずや抹殺に成功することでしょう。ですが、それでは各国から集められた私たちがまるで道化ではないですか」

明らかに失笑と分かるそれが、ルワイルの口から洩れる。

「御名答。まさに道化だね。それに不満があるなら、君が直接に鈴麗蘭を止めればいい。君程度の力で彼女を御することが可能とも思えないけど」

ギリッと唇を噛《か》みしめつつ、李飛孔は「私の情報網によると、『破滅をもたらす者』が日本を離れようとしているらしい」と話を続けるが、ルワイルはそれが分かっていたようで「何も問題はない」とにべもなく一蹴《いっしゅう》する。

「まあ、僕も『道化』とは少し言いすぎたよ。そのお詫《わ》びにチャンスを与えよう。もしも鈴麗蘭が抹殺に失敗したら、その次は君ということにしよう。それでいいだろ、李飛孔？」

世界最強の暗殺者と囁《ささや》かれる鈴家の当主、麗蘭が果たせなかった場合という仮定は、とてもチャンスとは呼べない。ルワイルの底意地の悪い提案に、意外にも李飛孔は乗った。

「……分かりました。それで結構です」

どちらかというと我が身の保身を第一とする李飛孔が、この時ばかりは心の中の何かがそれを上回った。その何かを『賢者の目』で既に見抜いていたルワイルは李飛孔の立ち去った後、ポツリと呟いた。

「人それぞれにいろいろと……まあ、未来が見えぬということは幸福でもあるのかな」

☆　☆　☆

そして、ここにもルワイルの『賢者の目』を証明する出来事が起きる。

彼が勇二の日本出国について「何も問題はない」と口にしたのに間違いはなかった。

米国へ旅立とうとした勇二は、空港の税関で出国を拒否されていたのだ。

「……くっ、以前、刺客の一人が話していた、日本政府も暗黙の了解済みというのは嘘《うそ》ではなかったのか。どうすれば……」

勇二は知らないが、本音の部分では日本政府も『破滅をもたらす者』などには出ていってほしかった。だが、そうなれば問題を放棄したと各国から非難されるのは必至……いや、それどころか、日本全土が焦土と化す危険すらあった。

そんな事情を知らない勇二の脳裏をチラリと強行突破、力任せによる出国という考えも掠めたが、一般人の者に迷惑をかけられないとそれは断念せざるを得なかった。

連綿と続く暗殺者たちとの闘い、そのことに終始する状況を打破できるかもしれなかった一つの光明が途切れ、勇二は途方に暮れる。

空港関係者には見えない、明らかに物々しい装備をした者たちが周囲に近付いてくるのを察して、勇二はとりあえず空港から立ち去った。

足は自然と慣れ親しんだ匂《にお》いを求めて、元のN市へ入る。

そして、いつしか日も暮れ、夜の闇という暗殺者たちが好む時間、すなわち勇二が気を探るセンサーを張り巡らさなければならなくなった頃のことだ。

ふいに風に混じってどこからか漂ってきた柔らかな香りが、勇二の鼻腔《びこう》をくすぐった。

「ん？　この香りは一体……うっ……ぐあっ！」

夜の静寂を、何か毒のようなものに呼吸を遮られた勇二の苦悶《くもん》の声が破った。

そしてもう一つ響き渡ったのは、凛《りん》とした美しき声だ。

「妾《わらわ》の名は、鈴麗蘭……そなたに死の羽ばたきを与えに来た」

前のめりに突っ伏しそうになる身体を必死に支えて、勇二は声のした方向、自らの頭上に視線を送った。そして、一瞬にして目を奪われた。

鈴麗蘭と名乗りを上げた相手が、自分と同年代の少女だったからではない。

麗蘭の『死の羽ばたき』という言葉、それが単に抽象的な形容詞ではなく、紅く染まった月をバックに麗蘭の背中から実際に純白の翼が伸びていたせいだった。

「そうか……お前も俺の命を狙うものの一人というわけか」

「左様《さよう》。妾の与える死を受け入れるがよい。さすれば、苦しみもなく無に還《かえ》してやろう」

そう言い終わると、麗蘭の指先が何もない空間に真円の月を描くように優雅に動いた。

ザシュッ……！

同時に、勇二の身体にもカマイタチに切り裂かれたような裂傷が弧を描いた。

だが、不幸中の幸い、傷口から飛び散った鮮血が、瞬時に格闘家としての勇二を目覚めさせた。呼応して右腕の刻印も輝きを放ち、身体を冒していた毒の効果も薄れさせる。

「ほぉ……それが破滅の刻印の力、か。さすがは『組織』の精鋭たちを退けただけのことはある。『破滅をもたらす者』の名も伊達《だて》ではないな」

「黙れっ！　俺は『破滅をもたらす者』などではない。親から貰《もら》った大切な名前がある。魔神勇二だっ！」

勇二の言葉を受けて、麗蘭は口元に薄い笑みを浮かべた。月光に照らされたその姿は、死神の化身に見えるといっても過言ではない。

「闇に翼、羽ばたく時に千億の死の羽根が舞い降りる……行くぞ、『破滅をもたらす者』よ」

無慈悲な光を灯す瞳《ひとみ》で勇二を見下ろす麗蘭から、言葉通りに無数の白き羽根が舞い降りた。それが血の色に染まるたびに、次々と勇二の身体に致命傷を与えていく。

「そうか……ぐっ！　初めの一撃も不可視の力ではなく、その羽根で……」

「今頃、ようやく気付くとは……さて、このまま千の肉塊に切り裂かれ、果てるが望みか？」

「なんのっ！　閃真流人応派の名において、同じ手は二度と受けはしない！」

無数の羽根が飛来する、麗蘭の秘術『白羽旋風陣』の第二撃が勇二を襲う。

常人では追えないその羽根の動きを勇二は視界に捉え、瞬時に身体を移動させた。

並外れた動体視力、加えて一度自らの身体で技を受けた経験則で羽根の軌道を予測し、紙一重でそれを避ける勇二。その疾走する先には、麗蘭の姿があった。

「これならどうだっ！　閃真流人応派奥義……」

「……甘いな」

麗蘭のその一言と共に、今まで勇二の視界に映っていた羽根が突如、闇に溶けたかのように掻《か》き消えた。いや、消えたわけではなかった。

ザシュッ……！　ザシュッ……！

奥義を放つこともできず、切り刻まれてダメージを受けるのは、又も勇二の方だった。

「ぐがっ！　な……何が起きたんだ……？」

「目に映るは、影なり。だが、影も又、現なり……終わりだ」

冷淡な声による麗蘭の宣言に従うように、闇に溶けて刃《やいば》と化した羽根が絶え間なく勇二の身体を切り裂いていく。だが、それでも彼は倒れなかった。

「もはやそなたの命は風前の灯……無駄な足掻きはやめよ。今や妾には野に咲く花を摘むが如く、容易にその命も奪い取れるぞ」

諭すような麗蘭の言葉を耳にしても、勇二は前に……前にと進む。

「粘るのもほどほどにしておくのだな。日本人は潔さが身上と聞いておったが」

「勝手に決めつけるなっ！　まだだ……まだ俺はここで倒れるわけには……！」

おそらく麗蘭の羽根には特殊な念が込められているのだろう、それが勇二の体力はおろか無敵と思われていた刻印の輝きまでも奪っていく。

今や、勇二に残るのは意志のみ。その力が彼をじりじりとだが、麗蘭へと向かわせる。

勇二の無駄と思えるその姿は、麗蘭の氷のような瞳に若干の変化をもたらした。

「……そなたに問う。なにゆえ、そこまで生に固執する？」

「決まっている……俺から愛する者たちを奪った。忌まわしき運命に抗《あらが》うためだっ！」

「運命に抗う……か。だが、それは愚かなことだ。そなたの死も又、運命……妾の死の翼に抱かれ、死ぬがよい」

それを最後に、麗蘭はただ無言で勇二に『白羽旋風陣』を放っていく。もはや語るべき言葉は必要ないと悟ったのか、それとも……。

対して、勇二の方は自らを鼓舞するように言葉を発し続ける。

ザシュッ……！　ザシュッ……！

「まっ……まだだ……まだ死なん……」

ザシュッ……！　ザシュッ……！　ザシュッ……！

「死ね……ない……死ねるものかぁぁあっ！」

ザシュッ……！　ザシュッ……！　ザシュッ……！

「俺は生きる。こんなところで死ぬわけにはいかないっ！」

ザシュッ……！　ザシュッ……！　ザシュッ……！　ザシュッ……！

「まだだ……まだまだ死ぬわけには……まだまだぁぁぁぁぁあっ！！！」

勇二の気迫に構わず……いや、それに気圧《けお》されたからか、麗蘭はトドメを刺そうとする。

だがこの時、感情を表に見せない麗蘭すらも驚く事態が起きた。側《そば》に控えていた彼女の忠実なるしもべ、黒豹《くろひょう》のガルムが勇二を庇うようにその前に立ちはだかったのだ。

「具縷縷《ぐるる》……具縷縷縷縷……」

「ガルム、どうしたのだ！　妾以外の者には誰にも懐かぬそなたが何故……！」

主たる麗蘭の叱責《しっせき》にも、ガルムは弁慶の立ち往生ならぬ立ったまま意識を失っている勇二の側から離れようとはしなかった。

「……よかろう、ガルム。そなたの願い、聞き入れようではないか」

そう言って麗蘭は勇二への攻撃を中止した。何もガルムに免じてというばかりではないようだ。彼女は改めて意識を失ったままの勇二を見つめる。

「一瞬、妾の心に芽生えた感情は嫌悪か？　それとも……分からぬ。だが、この胸のざわめきが何故か消すことができぬ……」

ガルムがその横で「具縷縷縷……」と心なしか嬉しそうに喉《のど》を鳴らしていた。

☆　☆　☆

勇二が意識を取り戻したのは、麗蘭が日本での仮の宿としているN市の高級マンション、それも上下左右全てのフロアを買い取った一室、そのベッドの上だった。

「ふむ……目を覚ましたか。それにしても恐るべき回復力よな」

目覚めて最初に聞こえてきた声が敵の……それも麗蘭だと分かり、勇二は咄嗟《とっさ》に迎撃の構えを取った。しかし、その動作は麗蘭に「ふん！」と鼻で笑われる結果となる。

「今更、愚かなことを……妾はずっとそなたの寝顔を見ていたのだぞ」

「ぐっ……どうして、俺を助けた……弄《もてあそ》んでいるつもりか？」

「訳なら、そこにいるガルムに聞くがよい。そなたは動物に好かれる体質か？」

「いや、特にそんなことはないが……ガルムとはその黒豹のことか……わっ！　何を……」

ベッドの脇《わき》にうずくまっていたガルムが、いきなり勇二の頬をペロリと舐《な》めたのだった。

「まったく……その懐きようには納得しかねるな。これでは妾とそなた、どちらがガルムの主が分からぬでは……ええい、よせっ。いらぬ気を遣うなっ！」

返す刀で今度は本来の主の頬を舐め始めるガルム。それを振り払おうとする麗蘭。

その光景に、勇二はデジャヴを……来夢と『さんちゃん』の姿をだぶらせた。つまりは『主と従者』ではなく、仲のいい友人か兄弟のような関係をそこに見ていた。

思わぬ失態を演じてしまった麗蘭は、それを誤魔化《ごまか》すかのように自分の立場を説明する。

中国で暗殺を生業《なりわい》としている者たちを統べる鈴家、その当主だと。

その事実は、ガルムの行動により緩んでいた勇二と麗蘭の間の緊張感を引き締め、暗殺する者とされる者という元の対立関係へと戻す。

「鈴麗蘭……では、もう一度問おう。どうして、あのまま俺の命を奪わなかった？」

「そなたはしつこいな。暗殺業は自主休業中だ……とでも言えば満足か？　それに、殺すのならいつでもできる。妾にその気があれば、な」

麗蘭の言葉はハッタリではない。一瞬の隙を見つけて彼女は勇二の首筋に鍼《はり》を打った。

「迂闊《うかつ》よな。これでそなたは又、妾に殺されたぞ」

囁くように言い、麗蘭は勇二をベッドに押し倒してその上にのしかかった。

「なっ……！　身体が……？」

「案ずるな。数分ほど身体から力が抜けるツボを突いただけだ。魔神勇二よ……どうだ？このまま妾と寝てみるか？」

スッと目を細めた麗蘭は、勇二の首筋に今度は鍼ではなく吐息を吹きかける。

麗蘭の押しつけられた胸や腰の蠱惑的《こわくてき》な弾力は、充分に男の劣情をそそるものだった。

しかし！　勇二の朴念仁ぶりは並のそれではなかった！

「よ、よせっ！　俺は愛する者とだけしか、そういうことはしない。もし無理にお前がしようとするなら、股間《こかん》の生殖器を自ら断ち切る覚悟がある！」

この大仰な発言には、さしもの麗蘭も毒気を抜かれてフッと笑みを見せる。

「つまり、宦官《かんがん》になるというわけか……全く、飽きない男よな、そなたは」

そう言って麗蘭が身体を離すと、すぐさま勇二もこれ以上何かされたら敵《かな》わぬと、まだ自由の利かぬ身体を無理してベッドから飛び出した。

「一応は、命の恩人なのだろうから礼を言っておく。世話をかけた」

そもそも命を狙った相手が誰であったかという点を失念しているのが、勇二らしい。

麗蘭も「甘さを捨てよ。それがいつか命取りになるぞ」と辛辣《しんらつ》な言葉を返しつつ、勇二の度を超したお人好《ひとよ》しぶりに白い歯を覗かせた。

だが、それで終わる麗蘭ではない。部屋を出ていこうとする勇二に向かって、彼女は命じる。「しばらく妾の身の回りの世話をせよ」と。

見れば、部屋のあちこちには麗蘭のものだろう、脱ぎ捨てた衣服や下着やらが散らばっている。おそらくは衣食住のうちの残る二つ、食事は外食のみ、部屋は掃除をせずにあるがままといったところだろう。

「ちょっと待て。先程、お前は鈴家とやらの当主だと言ったはずだ。それならば……」

「えっ……そうだな。花には詳しくはないが、綺麗だと思う。決して派手ではない素朴な美しさがあるというか、そういった印象を受ける」

「素朴な美しさ、か……妾がスズランの毒の使い手だと知ってもそう思えるか？」

「なっ……！」

戦う者の性《さが》で自然と身構えてしまう勇二を見て、麗蘭は人の悪い笑みを浮かべる。

「誤解するでない。今回は鑑賞用だ。されど……この花の存在そのものに罪があるのは変わらない。それゆえに妾は美しいと感じる」

そう言って僅かに憂いを見せた麗蘭の瞳が、一瞬にしていつもの人を見下したようなそれに戻った。そして、勇二に言い放つ。

「次は部屋の掃除をしっかり頼むぞ。スズランも埃《ほこり》の中では映えぬ。『命の恩人』への恩返しはまだまだこれくらいではすまないだろうからな」

☆　☆　☆

一時休戦状態……それは、麗蘭に対してだけだったのを勇二は知る。

麗蘭の世話を終えた帰り道、夜の往来で勇二は「ひゅんっ！」と何かが空を切り裂く音を耳にした。直感で跳躍した勇二の目に、自分が今までいた場所、その地面に亀裂《きれつ》が走るのが映った。

「これは、麗蘭の技に似ているが……どこだ。姿を現せっ！」

気を探って向けた勇二の視線の先、月明かりに藍色《あいいろ》の影が浮かび上がる。

「私は『燐藍花《りんあいか》』……初めまして、『破滅をもたらす者』よ……そして、さようなら」

現れた暗殺者、藍花はその髪もコスチュームも名前に合わせたのか、藍色で統一されている。その中国人らしき名前で麗蘭と何かしら関係がある人物かと勇二は考えたが、それを尋ねる時間は与えられない。

「静斬鬼《せいざんき》……それが私の暗殺者としてのあざな。『破滅をもたらす者』よ。死になさい、我が死の糸の操り人形となって！」

藍花の指先から無数の光の線が舞った！

それは髪の毛ほどに細いワイヤー状の武器で、触れたものを切り裂く威力があることは避けきれなかったために勇二の頬から流れる血がはっきりとそれを証明する。

「くっ……この攻撃、見切れるか……目に頼るな。感じろ……感じるんだ！」

「人である身で避けられるものかっ！　全てを切り裂け……サウザントライン！」

更に苛烈さを増す藍花の斬糸攻撃！　麗蘭の『白羽旋風陣』には手数と威力において劣るとはいえ、藍花の言葉通りに人の身で避けられるものではない。

だが！　勇二は『サウザントライン』を全て避けきった。藍花の目に、その勇二の姿はまるで陽炎《かげろう》のように見えたことだろう。

「そん……な……化け物がぁっ！」

自棄になって『サウザントライン』を続ける藍花だったが、それは全て徒労に終わった。藍花の驚愕《きょうがく》、実のところそれはかつて勇二自身も味わったものだった。鳳凰《ほうおう》学園の格闘部道場で、鴉丸と初めて闘った時に。

今、勇二が無意識に使っていたのは、鴉丸の使った、閃真流でも神応派の奥義の一つ、大気の流れを読んで自らの素早さを極限まで上げる、『天破風神閃《てんぱふうじんせん》』だったのだ。奥義を見様見真似《みようみまね》で会得したのではなく、素早さを求めた末に、勇二は自然とそれを見出《みいだ》したというのが正解だろう。

「……勝負あったな」

女性が相手とはいえ容赦なく拳を叩きつけた勇二は、斬糸攻撃を再開されないよう、藍花を地面に組み伏せる。

「ちっ……殺すなら殺せ。だが、その前に一つだけ答えろ。何故、我が主は貴様を殺すことなく、あのように……あのように貴様と馴《な》れ合っているのだ！」

「我が主？　それは、もしかして麗蘭のことか？」

戸惑う勇二の疑問に答えを示したのは、いつの間にか現れた麗蘭本人によってであった。

「……久しいな、藍花。ガルムが急《せ》くので来てみたら案の定……しかし、妾はこのようなことをそなたに命じた覚えはないぞ」

麗蘭の口調からすると、藍花はやはり配下の暗殺者の一人なのだろう。

「ですが、当主！　殺すべき相手と馴れ合っているなど、鈴家の名誉に関《かか》わる……」

「鈴家は名誉などで人は殺さぬ。生業だからそうするまでのことだ。大方、あの者に何か吹き込まれたのだろうが、我ら鈴家の一族があの者の走狗《そうく》となってどうするか！」

図星だったのだろう、藍花は「うっ」とうめくと悔しげに唇を噛みしめる。

「そなたの負けは明らか。この場は大人《おとな》しく引くがよい。魔神勇二、それでよいな」

無益な闘いを望まない勇二は麗蘭の申し出に同意したが、藍花の方は納得しない。「何故、『破滅をもたらす者』をみすみす見逃すのか」と麗蘭に対して繰り返す。

「賢《さか》しいな、藍花。本心を述べるがよい」

「なっ……本心と言われましても、私は当主のお立場を考えてのことでして……」

麗蘭の目に怒りと、その陰に若干の憐憫《れんびん》が見える。

「妾を見くびるな、藍花。妾にはそなたの心に蠢《うごめ》く闇《くら》き念が見える……そなたは妾が当主であることに不満があるのだろうが。先代当主の孫としてのこだわりによって」

「い、いえ、そのようなことは……」

ズバリと本心を言い当てられて言葉を失う藍花に、麗蘭は背中の羽根を広げ、勇二の前に初めて現れた時と同様にその身を宙にさらす。

「見よ、藍花。この白き羽根は鈴家の正統たる証《あか》しだ。だが、この白き羽根は決して穢《けが》れなきものではない！　一枚一枚には殺された者たちの怨《うら》みがこもっている……そう、生あるものの魂を完全に打ち砕く闇そのもの、絶対なる死の恐怖を司《つかさど》る証しでもあるのだ！」

本能が麗蘭の白き羽根に恐怖を感じ、藍花は身体の震えを止められない。

「藍花よ、そなたが当主の座を望むのは勝手だが、幾万もの死者の念を……全てを背負いきる覚悟があるのか。答えよ、藍花！」

麗蘭の求めに応じることができず、藍花はこの場から逃げ去った。

憂いを帯びた眼差《まなざ》しで藍花を見送る麗蘭に向かって、ここまで二人のやり取りを黙って聞いていた勇二がポツリと洩らした。

「……前の時は戦いの最中で分からなかったが、その翼、美しいものだな」

「そなた、今の話を聞いていなかったのか？　これは死をもたらす……そう、破滅の翼だ。そなたの腕にある破滅の刻印と同様にな」

「いや……俺には哀《かな》しみだけが見える。哀しいほどに美しい羽ばたきが……」

麗蘭は少し怒ったような顔をして翼を仕舞い込んだ。そして地上に降り立つと、側に控えていたガルムの頭を撫《な》でながら、言った。

「妾の証しの真実を知って恐怖しなかった者は、ガルムに続いてそなたが初めてだ。やはり、そなたの刻印と妾の翼は……」

「ん？　刻印がどうかしたか？」

「ただの独り言だ。忘れるがよい……それよりも、妾にこのような手間を取らせた詫びにどこかで夜食に付き合うがよい。その……ガルムがそれを望んでおる」

「えっ……？　ガルムが夜食って……」

「いいから、四の五の言わずに付き合うがよいのだ！」

わざわざガルムを引き合いに出して命じる麗蘭。それが照れ隠しの一種だと、果たして勇二は気付いたかどうか。

☆　　☆　　☆

『裏の世界では絶大な権力を有する鈴家の当主が、仕事を放棄するとはねぇ……』

麗蘭の読み通り、そう言って藍花をけしかけた『あの者』とはルワイルだった。

更に、ルワイルは藍花にこうも告げた。

『燐家なんていう紛《まが》い物《もの》の名を与えられてはいるが、君はもともと本家の、それも次期当主候補だったのだろう。このまま鈴家の名が貶《おとし》められているのに耐えられるかな』

その言葉に誘導された結果、『破滅をもたらす者』を襲い、そして敗北した藍花。あげくの果てに麗蘭に格の違いを見せつけられた彼女は今、屈辱感に身を焦がしていた。

「くっ……どうして、私は逃げ出してしまったのだ……そしてどうして、当主は私でなくあの麗蘭なのだ。どうして……！」

答えの出ない疑問……実のところ、出したくない疑問は、藍花の負の感情を高めていく。

それが、死者の魂を糧にする邪悪なるものを藍花の心の内に呼び込むことになる。

邪悪なるものは、若い女性を想像させる澄みきった声で藍花の心にそっと囁く。

《麗蘭……あの者は鈴家の当主に相応《ふさわ》しくない。そうでしょ、藍花》

「だ、誰だ？ それに一体、何を言ってるんだ。私はそんなことを考えては……」

《考えるのは、罪ではないわ。そして、鈴家のためを思ってのことなら尚更《なおさら》に》

「鈴家のため……しかし、私は……」

口では抗いつつも、謎の声に耳を傾けていること自体、既に藍花が邪悪なるものに取り込まれつつある証拠である。

《貴方《あなた》と麗蘭の差は、当主の証しの有無だけ……でも、安心なさい。我が貴方に力を与えてあげるから……簡単なことよ。心を開いて私を全て受け入れるだけで……》

「黙れっ！ お前の力など借りるものかっ！ 私は私の力だけで……」

藍花が拒んだのは、彼女の中にある二つの感情によるものだった。

一つは、麗蘭に嫉妬《しっと》するがゆえのプライド。そしてもう一つは、幼き日の親愛。姉妹のように麗蘭と過ごした思い出……。

邪悪なるものはそれを見抜き、救いの手に見せかけた罠《わな》を仕掛ける。

《その貴方の誇りこそが、鈴家の正当なる血筋という証し……そして、貴方が当主となれば麗蘭とも又、あの頃のように戻れる》

「えっ……そう…なの……本当にそうだったら、私は……」

《さあ、我に全てを委《ゆだ》ねて……そう、全てを……》

「あぁ……麗……蘭……」

妹の如く愛していた者の名を呟くと、藍花の目は閉じられた。

それが再び開かれた時、彼女の瞳は妖《あや》しい緋色《ひいろ》の煌《きらめ》きを見せる……。

☆　　☆　　☆

その頃、珍しく姿を見せないタイガージョーが何をしていたかというと……。

「せやあぁっ！　ふーっ、次から次へとよくもこう……しかし、私の進行を阻もうとする者が増えてきたということは、やはりこの先にあの場所が……」

迫る敵を倒して一息ついたタイガージョーは、吹き荒れる季節外れの黄砂に目をやる。

彼は現在日本を離れ、中国北部のとある地方の村に向かっていた。虎のマスクにあの派手な格好でどうやって出入国できたのかは不明である。

「千年おきにこの世界には刻印を持つ者が現れる……私が知りえたその伝承が正しいとしたら、二千年前があの鏡守神社に……ならば、千年前は？　その謎の鍵《かぎ》は、噂に聞く鈴家の当主、鈴麗蘭の翼の力にある。刻印の力と同等にも思える、あの力に……」

独り言を呟きながら、タイガージョーはてきぱきと先程倒した相手が気を失っているだけなのを確かめ、しばらく動けないようロープで縛り上げていた。

作業を終えると、タイガージョーは歩みを再開させる。
彼が目指している場所、それは鈴家、発祥の地であった。

第八話　死を呼ぶ過去の怨念！　魂と魂の対決

勇二と麗蘭の奇妙な共同生活において、会話は大体が次のような言葉で始まる。

「……どうでもよいが、そなたのその仏頂面はどうにかならぬのか」

「いいか、麗蘭。別に、俺《おれ》は愛想を振り撒《ま》くためにここにいるわけではない」

もしも、「では、何のために……？」と問われたら、勇二は答えに窮したことだろう。

『組織』の情報を得ようとの目的はもとより、恩返しという前提すらとうに消えていた。

今の勇二にあるのは、人を殺すことを生業《なりわい》としている者への関心だった。それは彼が『復讐《ふくしゅう》』や『自衛』という名のもとにしてきた行為への懐疑にも繋《つな》がる。

（これまで、俺は襲ってきた刺客相手に多少の疑問は持ちつつも構わず戦ってきた。いや、心のどこかで暗殺者は『快楽殺人者』なのだから、倒してもいい……そんな風に無理やり思い込もうとしていたのかもしれない）

答えを求めるように、勇二は彼の淹《い》れた茶をすすりながら本に目を落としている麗蘭を見つめる。

（麗蘭はどうなのだろう……仕事と割り切って、今まで淡々と人の命を奪ってきたのだろうか……今の俺には何故《なぜ》かそう思えないのだが）

その時、勇二の背中にガルムがじゃれついた。勇二があっけなく後ろを取られたのは、麗蘭に気を取られていたせいもあったが、敵意を全く感じさせない旧知の友のようなガルムの雰囲気に原因があった。

「ほぉ……そなたたち、随分と仲がよいな。言っておくが、ガルムは雄だからな」

「それは知っているが……ガルムが雄であることに何か問題があるのか？」

この手のからかいは勇二に通じない。その事実に苦笑し、麗蘭は読んでいた本を閉じた。

「ところで、一つ妾《わらわ》から聞かせてもらおう……そなたはこの先、どうするつもりだ？」

麗蘭はまるで世間話のようにさらりと口にしたが、それは重い問いかけだった。

「正直、分からない……ただ、真実は知りたいと思っている」

「真実、か。ならば、真実として、そなたの存在自体が破滅を引き起こす元凶だとしたらどうするのだ？　少なくとも『組織』や各国の首脳どもはそう信じておるようだが」

続けざまによる麗蘭の酷な問いかけに、勇二は右腕の刻印を指でなぞる。

「俺に、自ら死を選べと……死すべきだと言いたいのか？」

「ふっ……結論を急《せ》くな。飽くまでも仮定の話だ。それに……」

麗蘭は心まで見透かすように、じっと勇二の目を凝視する。

「……その仮定が現実になったとしても、そなたは最後の瞬間まで足掻《あが》くのであろう？妾による千の羽根をその身に受けた、あの時のように」

勇二が「まだまだぁっ！」と意識を失っても膝《ひざ》を屈せずにいた光景を思い出して、麗蘭の顔にそれを懐かしむような表情が浮かんだ。

「では……俺が本当に『破滅をもたらす者』だと分かったら、麗蘭、お前はどうする？」

「ふむ……なるほど。仮定の話は答えにくいな。まあ、その時は見物でもさせてもらおう」

「見物？　何をだ？」

「妾は無神論者だが、この地上にいる全てのものに死が与えられる……それこそが神とやらが示す真の慈悲かもしれぬであろう。だから、神が降臨する姿を見物だ」

言ってから、それが自分の心情を吐露するのに近いものだと気付いたのだろう、麗蘭はすっかり冷めてしまった茶をすすりつつ、視線を窓の外に向けた。

「たまにはこのような普通の生活の真似事《まねごと》も一興だと思っていたが、そろそろ飽きてきたな。何か、こう、生きている実感が欠けている気がする。常に死と隣り合わせである暗殺者としての性《さが》がつくづく染みついているのだな」

話題を変えてそんなことを呟《つぶや》いた麗蘭の表情には、確かに覇気がなかった。だが、勇二はそれを言葉通りの怠惰からではないと思う。

(戸惑い……迷い……諦《あきら》め……そんな風に感じるのは、俺の気のせいだろうか)

思い切って、勇二は麗蘭に本当に聞きたかったことを尋ねる。

「麗蘭は暗殺を生業だと言っていたが、それに迷いはないのか？」

「ふっ……そなたにしては回りくどい聞き方だな。今まで多くの人間を殺《あや》めてきて、罪の意識はないのか……そう聞きたいのであろう？」

「いや、俺は……」

言葉を濁す勇二をよそに、麗蘭は自嘲的《じちょうてき》な薄い笑みを見せて言った。

「人を殺める……それを罪と感じたことは一切ない！　もしもそう感じた時は……その時は、妾自身が死を迎えるであろうな」

麗蘭の返答は、彼女との距離が少しだけ近付いたと思っていた勇二の認識を迷わせる。

二人の気持ちがすれ違う中、ただ一人……いや、一匹、黒豹《くろひょう》のガルムだけは今の状況に満足している風情でのんびりとその時も寝そべっていたのだった。

☆　☆　☆

そして、勇二と麗蘭に転機をもたらす一日が訪れる。

麗蘭の住む高級マンション、その部屋部屋の窓にも明かりが灯《とも》り始めた時間。

さして得意ではなかったが、『継続は力なり』、最初の頃《ころ》は大雑把に焼くか煮るしかなかった勇二の料理の腕前がそれなりに向上し、初めて麗蘭が残さず食べてくれるようになった日のことだ。

初めに異常な殺気に気付いたのは、「具縷縷《ぐるる》……！」と警告を鳴らしたガルムだった。

「どうしたのだ、ガルム……なっ……！　まさか……」

「これは……この阿眞女の時に近い、凶々しい気は……人外の者か？」

ガルムに続いて麗蘭と勇二が気付いたのとほぼ同時に、マンションのベランダに面した窓ガラスが四散した。

月明かりを反射してキラキラと光沢を見せるガラスの破片、それを浴びるように藍花がゆらりと姿を現し、ベランダから部屋の中へと歩みを始める。

「お前は確か、藍花という名の……いや、何か違う……」

勇二が藍花に感じた違和感の正体を、麗蘭が看破する。

「魔神勇二、この者は既に藍花ではない。異国の地ならばと油断していた妾が甘かった。彼奴《きゃつ》が藍花を利用する可能性を見過ごしていたとは……そして、藍花よ。そなたも愚かだ。邪《よこしま》なる念に取り込まれるとは」

「……さすがは鈴家現当主。我の正体がすぐに分かったか」

声そのものは藍花のそれだが、漂わせる雰囲気は今や別のものと化していた。

「ふん、そなたに褒められても嬉《うれ》しくはないわ。大体が、萎《しな》びた老婆の邪念の分際で若作りのつもりとは。そなたの見栄にも呆《あき》れたものよな」

麗蘭の挑発に、藍花の身体《からだ》を乗っ取った邪悪なるもの、見た目は今や『闇《やみ》の藍花』といった風情のある彼女は「何ぃぃっ！」と激昂《げっこう》する。

対照的に冷たい暗殺者の表情に変化した麗蘭は、白き翼を広げて戦闘態勢に入る。

「行くぞ……傀儡《くぐつ》と化した藍花の身体ごと、そなたを葬ってやる」

麗蘭の澱《よど》みない宣言に、勇二が割って入った。

「ま、待て、麗蘭！　取り込まれている藍花まで殺す気か！」

「そこをどけ、魔神勇二。藍花の魂は既に食われた。あそこにいるのはただの抜け殻だ」

「だが……何か方法が……彼女を救う方法があるはず。それを探すべきでは……」

「ならば、今すぐその方法とやらを妾に示してみよ！」

無念の思いが垣間《かいま》見える麗蘭の怒声は、「痴話喧嘩《ちわげんか》とは愚かな……」と隙《すき》をついて攻撃しようとしていた『闇の藍花』の手を止め、勇二の甘い意見をも吹き飛ばした。

「魔神勇二……そなたの考えが誤りだと言うつもりはない。だが、妾とそなたとではこうして近くにいても、立つべき場所が違うのだ。妾も藍花も闇に生きる者。だから、決着は妾の手でつけねばならぬ」

麗蘭は勇二を押しのけるように前に進み出て、『闇の藍花』と対峙《たいじ》する。

「……『過去の怨念《おんねん》』よ。思えば、こうしてはっきりと向かい合うのは、あの当主継承の儀式、そなたが妾を支配しようとした時以来か。今こそ引導を渡してくれる」

「ふふっ……口ではどうとでも言えるが、果たしておぬしにできるかな？　幼き頃より共に過ごしてきた、この藍花の身体を葬ることが」

「できるとも。何故なら、妾は鈴麗蘭……白き羽根を持つ死神の化身だからな！」

バサリと麗蘭の翼が広がり、彼女を中心に無数の羽根が宙を舞う。

「天に闇……闇を破るは光。光は月……月は我。我の光、全てを切り裂くものなり」

『闇の藍花』も以前に見せたワイヤー状の武器で対抗するが、まるで通じない。

「ちっ……やはり、おぬしのその力、侮れぬ。ならばこそ、なんとしてもその力を……」

「そのような妄執、妾が絶ち切ってくれる。潔く死界の闇に落ちよ……舞え、我が翼！　千億の刃《やいば》となりて彼《か》の者を滅せよ！」

麗蘭の凛《りん》とした声と共に、死の刃と化した羽根は『闇の藍花』の全身を包み込んだ。

それも一瞬のことで、羽根は麗蘭の翼へと戻った。『闇の藍花』の心臓を貫いた一本以外は。そして、『闇の藍花』はマンションの床に崩れ落ちた。

「れ、麗蘭……私も貴方《あなた》も鈴家の一族の者でなかったとしたら……あのまま本当の姉妹のように……ずっと、いつまでも……」

死の間際で正気に戻ったのか、藍花は麗蘭に向かって手を差し出す。

麗蘭もその手を握り返す……ことはなく、藍花の心臓を貫いていた羽根を更に奥へと沈ませ、トドメを刺した。

「過去の怨念よ……妾を見くびるな。その程度の演技では騙《だま》せぬ……そして、藍花のことも見くびるな。死を間近に迎えたとしても、藍花は今のような女々しい言葉は言わぬ！」

「ぐぬぬぬ！　我を馬鹿《ばか》にしおって……許さぬ、許さぬぞぉぉぉっ！」

どす黒い影、『過去の怨念』の正体らしきものが藍花の身体から離れていった。

そして……藍花は事切れた。

「……逃げられたか。やはり、実体を持たぬものを滅するには一筋縄ではいかぬようだ」

「麗蘭！　そんなことよりも彼女を……！」

藍花の死よりも敵の動向を気にする麗蘭に、勇二は怒りを覚える。しかし、すぐにそれが思い違いだと気付く。

「藍花お姉ちゃん……妾は藍花のことをそう呼んでいた時もあった。信じられるか？」

束の間よぎった哀《かな》しみ……それを振り払っていつもの冷静な表情に戻った麗蘭は、勇二に問いかける。

「方法が他《ほか》になかったとはいえ、これで藍花を救えたと思うか？」

勇二はなんとも言えなかった。口にしたのは、藍花に取りついていた『過去の怨念』とは何かという至極当たり前の疑問だった。

「あれは、鈴家に巣くって死者の魂を糧にする亡者だ。あの老婆は妾を……いや、白き翼の力を手に入れたがっておる。鈴家にとって逃れられない宿命といったところだな」

「宿命……嫌な言葉だ。だが、麗蘭はそれを断ち切るつもりなのだろ」

「そのつもりだ……ただ、その前に本来果たさねばならなかったことをせねばなるまい。藍花を怨念に取り込まれるまで追いつめたのは妾の罪……それを償わねばならぬ」

固い決意が込められた麗蘭の言葉、その先に秘められた意味を勇二も察する。

「俺のことを……依頼された仕事を当主として果たそうというわけか、麗蘭？」

「ああ、愚かだとは思うがな……魔神勇二、雌雄を決しよう」

「俺は……お前とは闘いたくない。特に今のお前とは」

「それは妾も……いや、詮《せん》ないことだ。そうだな……妾がこの手で実の父と母をも殺めた外道だと知れば、そなたも少しは闘う気が起きるか？」

麗蘭の衝撃的な告白にも、勇二は首を横に振った。

「いや、それは逆効果だな。俺には分かる。麗蘭、お前が好んで父と母を殺めるような者でないことが」

飽くまでも戦いを拒む勇二の援軍として、ガルムが麗蘭にすり寄る。

「具縷縷縷……」

「ガルム……そなたの言いたいことは分かっておる。だが、これはどんな形であれ、何かのために闘うという……妾にとっては初めてとなる、自らの意志で選んだ闘いなのだ」

きっかけは暗殺者としての使命を果たして藍花への手向けにしようと思ってのことだったが、ガルムを諭すために告げた言葉が麗蘭に自分の気持ちを気付かせた。

勇二への好意を不器用にも闘う術《すべ》でしか表現できないのが、今の麗蘭であった。

そして、勇二の心にも変化が起きた。

（今の麗蘭の目は、暗殺者の冷酷な目ではない。いつかどこかで見た……そう、何度も見たことのある、あれは……！）

勇二が感じたのは、相手を倒すのみが目的だった刺客との闘いでは決して得られなかったもの、格闘家同士が互いを高め合おうとする時に瞳《ひとみ》に宿す澄みきった意志の光だった。

「……分かった。この勝負、一人の格闘家として受けて立とう！」

「よいのか？　妾はそなたを殺すつもりなのだぞ」

「構わん。又、甘いと言われるだろうが、それが俺の求める闘いだ！」

「そうか……そなたの誇り高き魂に心からの敬意を……そして、感謝を……」

二人の間でかわされる気を感じて納得したのだろう、ガルムも素直に引き下がった。

立会人と呼ぶのはさすがに言いすぎだろうが、ガルムの見守る中、その行きつく果てに何かを見出《みいだ》すための勇二と麗蘭の闘いが始まる。

☆　☆　☆

「魔神勇二……では、行くぞ」

「ああ……来いっ！」

場所をマンションの部屋からその屋上へと移した一種の解放感からか、麗蘭はいつもより翼を羽ばたかせ、星空をバックに高々と舞い上がった。

翼を持たないというハンデがある勇二は、高い跳躍のための充分な助走距離を確保しようと一旦《いったん》後方に下がった。加えて……。

「試したことはないがやるしかない……閃真流人応派奥義……絶・地竜鳴動撃《ちりゅうめいどうげき》！！！」

奥義の一つをブースター代わりに活用して跳躍し、勇二は麗蘭の懐に入った。

「はぁぁぁっ！　閃竜拳！」

「甘いな。妾の力、白き翼だけだと思うか……闇の彼方《かなた》に光あれ！」

功夫《クンフー》も達人の域にある麗蘭は勇二の拳《こぶし》をいなし、同時に発勁で気を放った。

ところが勇二もさるもの、宙を飛ぶ麗蘭の身体を足がかりにして自由落下のタイミングをずらすことで、自分に放たれた気を避けた。

「この妾に手をかけた無礼、高くつくぞ……白羽旋風陣！」

勇二の着地の瞬間を狙《ねら》って、麗蘭の白き羽根が襲いかかる。

「目には目を……羽根にはこれだっ！　閃真流人応派奥義……鳳凰天舞《ほうおうてんぶ》！！！」

奥義『鳳凰天舞』とは、鳳凰が翼を広げた姿を見る者に連想させる、連続攻撃を仕掛ける技である。勇二はそれを『白羽旋風陣』の迎撃に使ったのだ。

「ふん！『鳳凰天舞』とは又、大層な名称だな」

「名付けたのは俺ではないが……そうだな。確かにそうかもしれないな」

まだほんの序盤とはいえ、闘いは初戦ほどには一方的な展開にはなっていない。麗蘭が毒による攻撃を控えていたのもあったが、勇二も刻印の力を発動させてないのでその点においてはお互い様か。いや、むしろ刻印の力の呪縛《じゅばく》から逃れたことで、勇二の動きはよくなっているのかもしれない。

「そなたと会ってからのここ数日……なかなかに楽しかったぞ」

「俺もあそこまでこき使われたのは初めてだったから、新鮮な経験ではあったたな……ただし、二度はご免だが」

闘いながら会話をかわす勇二と麗蘭の姿は、まるで戯れているようにも見える。

「この街も異国であるというのに、何か懐かしい気がしていた……何故だろうな。そなたの存在がそう思わせたのかもしれぬ」

「どうだろう……俺がこの街を好きなのは確かだが」

拮抗《きっこう》する両者の実力は、一対一ゆえにどうしても生まれてしまうという注釈付きの僅《わず》かな隙をそこに作った。その隙を突く者がいた。『過去の怨念』によって操られた藍花の屍《しかばね》が麗蘭に奇襲をかけたのだ。

「なっ……！　安らかに眠る者の身体まで使うとは……この下種《げす》がぁぁぁ！」

《ふっふっふ……なんとでも言うがいい、鈴麗蘭！》

藍花の亡骸《なきがら》にむげなこともできぬと思い、麗蘭は奇襲をそのまま受けとめようとする。

その麗蘭の楯《たて》となるべく、黒き疾風が駆け抜けた。

「ガ、ガルム！　そなた、余計なことを……」

しかし、ガルムの行為は少しも余計なことではなかった。

麗蘭の代わりにガルムが全身で受け止めた瞬間、残虐非道な『過去の怨念』の罠《わな》、藍花の亡骸は毒がたっぷり込められた血液を撒き散らして破裂した。

《おのれぇ……獣のくせによくも我の二段構えの策を邪魔しおって！》

「策だと……こんなものが策といえるかぁ！　許さん。この俺が貴様を……！」

怒りを露《あら》わにした勇二が気配を探るが、声はすれど実体のない『過去の怨念』は自らの気を周囲に拡散させて老獪《ろうかい》にそれを逃れる。

一方、麗蘭は『過去の怨念』など眼中になかった。すぐに白き翼の力で全身に藍花の血を浴びたガルムを浄化したが、その時にはもう手遅れだった。破裂の衝撃による影響は軽傷に過ぎなかったが、そこから即効性の毒を侵入させるという『過去の怨念』の執念が産み出した卑劣な罠の結果が今、麗蘭の腕の中にあった。

「ガルム……愚かな主を許してくれ。全ては妾のせいだ……」

「我《が》……我縷縷縷《がるるる》……」

最期の瞬間、ガルムは麗蘭の手を弱々しく舐《な》めた。守るべきものを守り抜いた、喜びと誇りに満ちた表情で。そしてその安らぎのまま、ガルムは息絶えた。

「ガルム……藍花に続き、そなたまでも。妾は……妾は……」

立ち尽くす勇二の横で、麗蘭は罪の意識に打ちひしがれる。

その瞬間こそが、『過去の怨念』の真の狙いだった。

《待っていたぞ、この時を！　鈴麗蘭よ、おぬしが己を見失うこの時をな！》

麗蘭の白き翼の片翼が黒く染まり、その根元から醜い老婆の顔が浮き上がった。それが

『過去の怨念』の実体、彼女は常にそこにいたのだった。

「キッヒッヒッヒッ……千年という時を越え、遂《つい》に望んできたものが手に入る。我を封じた鈴家の力を、我の黒き翼に……！」

麗蘭の身体が黒き片翼に引っ張られるように宙に浮かび、もう片方の翼までも黒く染められていく。意識をも支配されてそれが混濁する中、麗蘭は必死に言葉を紡ぐ。

「妾はもう誰《だれ》も殺めたくない……父さんと母さんだって殺めたくはなかったのに……」

初めて耳にする麗蘭の弱々しい嘆きの声が、勇二の右腕の刻印を発動させた。

「麗蘭！　待っていろ、今、俺が……！」

勇二の伸ばした右腕が僅かに残っていた白き羽根の部分に触れた途端、刻印の力と白き翼の力が共鳴を始めた。そして、勇二は白い輝きに包まれていった……。

☆　☆　☆

「ここは……どこだ？」

閃光《せんこう》が消滅すると、勇二は全く見覚えのない場所、どこかの山中にいた。

「いや、それよりも麗蘭は……くっ、少し歩いてみるしかないか」

周囲に気を配りつつ、勇二は、林の中を歩き始める。

しかし、どこまで行っても見知らぬ風景が広がるばかりだった。更に追い討ちをかけるように雨まで降ってくる。

「まいったな……萌木を追いかけていったあの黄泉路《よみじ》の狭間《はざま》とは違って、草や風の匂《にお》いがするここは現実の世界だと思うのだが」

今やすっかり超常現象の類《たぐい》に慣れてしまった感のある勇二である。そぼ降る雨にも構わず歩き続けた結果、彼は黒い毛に覆われた一匹の小動物に出くわした。

「にゃう……グルル……」

どうやら前足の一本に傷を負っているらしく、よろよろと身体をふらつかせている。

「間違って罠にでもかかったか？　ほらっ、見せてみろ……お前、ネコか？　それにしては足が太い気もするが……」

勇二は自分のシャツを破いて包帯にすると、子猫（？）の手当てを始めた。最初は引っ掻いたり噛《か》みついたりと抵抗したが、勇二が危害を加えようとしていないのが分かるとお礼のつもりなのか、ペロペロと子猫は勇二の頬《ほお》を舐めた。

「ははっ、どうやら分かってもらえたか。賢いやつだな、お前は。えっ……この頬を舐められる感覚はどこかで……」

勇二が何かを思い出しそうになった時、その耳に悲鳴に似た可愛《かわい》い声が届く。

「駄目ぇぇぇぇっ！　その子を苛《いじ》めないで！」

声に続いて、素早い動きで子猫を勇二の手から奪ったのは、ピンク色の髪をお団子にまとめた小さな女の子だった。

「苛めたら駄目なの……ひどいことしちゃ駄目なの……」

「うっ……いや、その、俺は……」

上目遣いで不安そうに見つめてくる女の子の視線は、どこか亡き妹の恵を勇二に思い起こさせた。そのため、すぐに彼の口からは説明の言葉が出てこない。

だが、その必要はなかった。勇二の破かれたシャツ、それを使用した子猫の前足の包帯、そして「にゃあ、にゃう……」と弁護する鳴き声の助けで女の子は事情が分かったようだ。

「えっ、そうなの……うんうん、このお兄ちゃんが助けてくれたんだ」

「ガウガウ、にゃにゃん……」

「分かるのか？　そいつが話していることが」

「うん。だって、私とこの子、ガルムはお友達だもん」

「いや、言葉が分かるのは友達以上の真友……えっ？　今、ガルムって言ったのか？」

思いがけない言葉が飛び出してきたことに驚く勇二に、女の子は更なる衝撃を与える。

「私、麗蘭っていうの。お兄ちゃん、こんなところにいたらお風邪ひいちゃうよ。お腹《なか》も空《す》いてるんでしょ。私についてきて」

☆　　☆　　☆

深山幽谷にあるその村の名は『吏羹』という。

村の外れの納屋へと案内された勇二は、頭の中を整理する。

（麗蘭に、ガルム……間違いない。ここは過去の、それも中国なのか？　これも刻印の力のせいなのだろうが、どうしてこんなことに……）

そんな勇二の前に、食べ物を持って幼い麗蘭が納屋に入ってきた。麗蘭の後ろにはもう一人、警戒心を抱いた表情の女の子がいた。麗蘭の「藍花お姉ちゃん、約束だよ。みんなには内緒ね」という言葉から、その子が幼い頃の藍花だと勇二にも分かった。

「他から来た人は村に入れたらいけないって言われてるの。だから、ここで我慢してね、お兄ちゃん」

「そうよ。これは村の掟《おきて》なのよ。もし見つかったら、アンタ、殺されちゃうんだから」

「ふぇぇ、藍花お姉ちゃん、怖いこと言わないでよぉ」

「もう、麗蘭ったら。ガルムの次には、人間まで拾ってくるなんてね」

未来における二人の関係と行く末を知っている勇二としては、微笑《ほほえ》ましく思えるはずの麗蘭と藍花の様子に胸が締めつけられる心境になる。

「あっ、そうだ！　さっき、ガルムがお兄ちゃんの指に噛みついちゃったんだってね。今度は私がお手当てしてあげる」

そう言って伸ばした麗蘭の手と、勇二の右手が触れ合った時に、事件は始まった。

「あうっ！　痛っ……背中が……背中が痛いよぉ」

苦悶《くもん》の声に続いて、麗蘭の背中から服を通過して白き翼が具現したのだ。

「れ、麗蘭……！　その翼はお爺様《じいさま》から聞いていた……継承の証《あか》し！」

驚愕《きょうがく》の声を上げた藍花は、麗蘭の手を取って急いで納屋の外へ連れ出していく。

それを見て、勇二も後を追いかけようとするが……。

「お、お兄ちゃん……ここから出たら駄目だから……約束……だよ……」

妹の恵を思わせる幼い麗蘭のか細い声、それも『約束』と言われてしまっては、勇二の足も否応《いやおう》なく止まってしまう。

「しかし……幼い藍花が『継承の証し』と言っていたが、継承するのは鈴家の当主の座か？　だとしたら、これは……」

言いようのない不安に囚《とら》われた勇二は、やはり納屋にこもっているわけにはいかない。

「すまない、麗蘭。今は『約束』よりもお前の方が心配なんだ」

まだ降り続いている雨を隠れ蓑《みの》にして、勇二は慎重に納屋を出た。

幸い、納屋の近くに人影はない。それもそのはず、村の者たちは全員、村の中央にある祭壇らしき場所の周りに集まっていたのだ。

「……これより、三代も絶えていた真なる当主……その継承の儀を始める！」

白髪の老人がそう叫んだ。おそらくは藍花の祖父であり、現在の鈴家当主なのだろう。

彼の横には、不安に脅《おび》え尽くす幼い麗蘭の姿があった。

「ぐすっ……怖いよ……お父さん、お母さん、どこ？　藍花お姉ちゃぁん……」

そして、麗蘭の前に彼女の望んでいた一組の男女が姿を見せた。まるで誰かに操られたような鈍い動きを見せながら。

「あっ……お父さん！　お母さぁん！」

両親の庇護《ひご》を求めて歩み寄ろうとした麗蘭を、どこからか聞こえてきた不気味な声が押しとどめた。

《……次期当主が最も愛すべき存在、最も絆《きずな》の深き存在だな》

麗蘭の父母の首がゼンマイ仕掛けの如《ごと》き動きで、縦に動く。

《ならば、お前らの為《な》すべきことは一つ……次期当主に殉じよ》

「こ、この声は……間違いない。あの怨念の奴《やつ》だ！」

その認識が勇二に一つの記憶を蘇《よみがえ》らせた。屋上での闘いの前、挑発しようと麗蘭が「父母を殺めた……」と口にしたことを。

「やめろ……やめるんだ、麗蘭……駄目だぁぁぁぁっ！」

勇二のその叫びは麗蘭には届かなかった。『過去の怨念』の命に従って、虚《うつ》ろな目をした麗蘭の父母が協力して愛娘《まなむすめ》の首を絞めつけていたのだから。

ならばと駆け寄ろうとする勇二の前方には、村の者たちが立ちはだかる。

「貴様は何者だ？　まあ、よい。たとえ何者であっても、我ら鈴家の儀式を妨げようとするものは生かしておけん。皆の者、こやつを殺せ。殺すのだ！」

藍花の祖父の号令により、村の者……とはいってもほぼ全員が暗殺者である者たちが、一斉に勇二に襲いかかった。中には少年少女の姿もあり、思い切り力が揮《ふる》えない勇二は麗蘭に近付くことができない。

その間に、麗蘭の首を絞める両親の手には更に力が加わっていた。

「どう……して……お父…さん……お母…さん……」

絞殺間近の肉体的苦痛と、それを実行しているのが父と母だという精神的苦痛に苛《さいな》まれる麗蘭に、『過去の怨念』の声は残酷な助け船を出す。

《麗蘭よ、これは悪い夢なのだ。悪い夢は消し去ってしまうに限る》

「夢……？　そう…だよね……これは夢だよね？　そう、夢なのよ。お父さんとお母さんが私を殺そうとするわけない。だから、悪い夢は壊してしまえば……」

麗蘭の背中の翼が、羽ばたきの前兆のようにゆっくりと開いていく。

そして……麗蘭の白き羽根は死の刃と化して両親の首を刎《は》ねた。

結局、過去は変わらなかった。

村の者たちを全て薙《な》ぎ倒し、勇二が麗蘭のもとに辿《たど》りついた時、そこには両親の返り血を浴びて茫然《ぼうぜん》と佇《たたず》む少女がいた。目を覆う光景があった。

「おかしいな……悪い夢、壊したのに、まだ消えないよ……でも、もうすぐだよね。もうすぐきっとお父さんとお母さんが……いつものように私を抱きしめて……」

だが、勇二にはやるべきこと、この過去の世界に来た使命が残っていた。

《キッヒッヒッヒッ……これでいい。さて、ここからがいよいよ本番じゃ。我を封じた鈴家の力をもってして、我が黒き翼を取り戻す。今までの者たちには抵抗されてきたが、この幼き当主ならそれも容易じゃろうて……》

「……そうはいかん！　鈴家に仇《あだ》を為す、『過去の怨念』よ！」

暗殺を生業とする鈴家に敵対する者は多い。勇二のこともその一人だと軽視していたが、ここに至ってようやく『過去の怨念』も彼の存在に注目した。

《鈴家の者たちをたった一人で粉砕するとは、並の者ではないようじゃな。だが……身体を持たぬ我を滅するなど不可能なこと……》

「そんなことは知っている。そして、俺が為すべきことは別にある」

幼い麗蘭を『過去の怨念』に支配されないよう助けるのが、今の勇二が担う役割であり、過去の事実だったのだ。

勇二はその両親に成り代わって、麗蘭をそっと腕の中に抱きしめる。

「あっ……ガルムの恩人のお兄ちゃん？　お兄ちゃんまで私の夢の中に……？」

「麗蘭……これは夢じゃない。現実だ。辛《つら》いだろうが、現実なんだ！」

「駄目……だって、夢じゃなかったら私がお父さんとお母さんを……いやぁぁぁぁっ！」

残酷な現実から逃れるべく、麗蘭は勇二の腕を振りほどこうと暴れる。

勇二は腕に力を込めてそれを許さない。

その姿は、過去に来た時にガルムを手当てしようと悪戦苦闘していたのと似ていた。

偽りなき思いは必ず通じる……そう、勇二は信じていたのだ。

それを『過去の怨念』が黙って見ているはずはない。麗蘭に猫なで声で囁《ささや》き始めた。

《さあ、麗蘭。その男も壊してしまえば、貴方は楽になれる……父と母が貴方を殺そうとはしない……貴方も殺すことはない世界へ我と共に……》

「惑わされるな、麗蘭……君は強い子だ。俺はそれをよく知っている。たとえ今はまだ幼くても、その強さは君の中にもう芽生えているはずだ！」

麗蘭の心が二つの狭間で揺れ動く。それに終止符を打ったのは、駆けつけてきた彼女の大事な友達、ガルムだった。

「みゃう……にゃにゃあ！」

ガルムは麗蘭と勇二に頭を近付け、その頬を交互に舐める。

「私以外には懐かないガルムが……じゃあ、やっぱりお兄ちゃんは本物のお兄ちゃん」

「そうさ。俺たちはみんなただの友達を超えた、真なる友、真友だ」

「お兄ちゃん……私、頑張る。頑張るよ！」

その言葉は麗蘭が己を取り戻した証拠、すなわち『過去の怨念』も再び白き翼の根元に封じ込められていく。

「く、口惜しや……されど、これで終わりではないぞ。いつの日かきっと……」

「『いつの日』かではない！　もうすぐだ。もうすぐ俺が貴様の妄執を終わらせてやる！」

過去における使命を終えたことで、勇二の身体の輪郭がぼやけていく。

「えっ……お兄ちゃん、行っちゃうの？」

「ああ。麗蘭、お前が待っている場所にな」

言葉の意味は分からなかったが、麗蘭は涙を拭《ぬぐ》って笑みを見せる。

「うん！　待ってる……待ってるからね、お兄ちゃん！」

幼き麗蘭に見送られて、勇二は右腕の刻印に力を込める。

過去の世界を離れ、現在の麗蘭のもとに向かうために。

もう一度、麗蘭を救うために。

☆　　☆　　☆

勇二が過去の世界として訪れていた場所、中国は鈴家発祥の地、吏羹村を現在において目指していたタイガージョーはどうなっただろう。

鈴家当主が有する白き羽根の力と、勇二の刻印の力との関連性について情報を得ようと吏羹村への侵入を果たしたタイガージョーだったが、麗蘭のリーダーシップによりまとめられた村の者たちの口は一様に堅かった。

それどころか、『外部の者を村に入れない』という掟もまだ存在していて、タイガージョーと村の者たちの間で闘いが繰り広げられた。無益な闘いを好まないタイガージョーは結局、村から離れることを余儀なくされた。

得られた情報といえば、十数年ほど前にもタイガージョーと同じようにたった一人で吏羹村に侵入し、村の者たちを残らず叩《たた》きのめした謎《なぞ》の人物がいたという話だけだった。

「ふっ、私以外にもそのように豪気な者がいるとはな。一度、会ってみたいものよ」

まさかその人物が勇二だとは知らないため、そんな感想を抱くタイガージョー。

その後、地道に吏羹村近くで聞き込みを続けた末、タイガージョーは一人の世捨て人、盲た老人から貴重な話を聞くことに成功する。

老人が知っていたのは、鈴家発祥に関《かか》わる古い伝承だった。

……今から凡《およ》そ千年前、同日同時刻に二人の女児が吏羹村に生を受けた。

それだけなら単に偶然と片付けられていただろうが、二人の女児の背中には羽根を模したような刻印がこれも又同様に刻まれていたのだ。白と黒という色の違いはあったが。

村の者たちの意見は真っ二つに分かれた。これを吉と見るか凶と見るかで。

その論争も、凶と主張した者たちが流行病《はやりやまい》で次々に倒れていったことで収まり、二人の女児は村の守り神の如く大切に育てられる。

守り神らしく生まれながらに不思議な力を持っていた二人は成長につれ、近親憎悪というか何かと対立を見せるようになる。やがて、それはどちらかが滅しなくてはならないほど苛烈《かれつ》なものへと様相を変えていった。

二人の力は拮抗していたため辛うじてバランスを保っていたのだが、ある出来事を境にして、白き羽根の刻印を持つ女の力が黒き羽根の刻印を持つ女のそれを大きく上回るようになった……。

「……老師よ、その『ある出来事』とは如何《いか》に？」

語りの途中でそう口を挟んだタイガージョーに向かって、老人は「おぬし、やるな」とばかりにニヤリとほくそ笑む。

「さあな。それはこのワシにも分からん。じゃが、そこにこそ鈴家が暗殺を生業にしていくようになった鍵《かぎ》が存在するとワシは睨《にら》んでおる。まっ、それを知ってる者がいるとしたら、代々の鈴家の当主くらいのものじゃろうて」

そう告げた後、老人は伝承の続き、ことの顛末《てんまつ》について語った。

最終的な決着をつけるための闘いで、黒き羽根の女は白き羽根の女に敗れた。

復讐を誓った黒き羽根の女は、遥《はる》か彼方の海を越えた地まで逃げ延びてその機会を窺《うかが》っていたが、追ってきた白き羽根の女にその存在を封じられたということだった。

（逃げ延びた先というのは日本……おそらくは『神無』の地と呼ばれたN市なのだろうな。それにしても……拮抗した力に差をつけることになった要因とは一体……？）

タイガージョーは自らのコートの胸の部分に刻まれた逆十字の焼き印を見つめる。

（これを焼き付けた『あの男』と、今の勇二との間にもその差はある。だとしたら、『あの男』も白き羽根の女と同様に何かを……）

謎は残っていたものの、タイガージョーは当の勇二よりも刻印の秘密に近付きつつあるようだ。その彼をしても、この時はまだ予想だにしていなかっただろう。

まさに今、『過去の怨念』として現代に蘇った黒き羽根の女が勇二と激闘を繰り広げていることは。

☆　☆　☆

空気の匂いも風の音もしない、ただ闇に彩られた空間。

そこに、麗蘭はいた。

いや、『いた』というのは正確ではない。本来、そこは麗蘭自身の心の中なのだから。

麗蘭の前に、『過去の怨念』が降り立つ。その姿は醜悪な老婆から、彼女が最も生気に満ち溢《あふ》れた頃の若き娘へと変わっていた。

望めば彼女はどんな姿にもなれただろう。何故なら、麗蘭の心の中の世界だったこの場所はもうそのほとんどが『過去の怨念』の心の中の世界になっていたのだから。

「……未練よの、鈴麗蘭。まだ無駄な抵抗を続けているとは」

『過去の怨念』が告げたその『抵抗』とは、この空間に存在している麗蘭のこと、大半が黒き羽根となった中で僅かに残る白き羽根、勇二が触れた部分であった。

「無駄かどうかは、そなたが決めることではない。妾はある者から教わった。決して諦めずに足掻き続けることを……そこに美が存在することを」

「負け惜しみを……もはや、おぬしの心が消え去るのも時間の問題に過ぎぬ！」

そう吐き捨てると、『過去の怨念』は身体から不気味な触手のようなものを発生させた。

触手は麗蘭の身体にうねうねと絡みつき、纏《まと》っていた衣服を破り捨てていく。

「ふん！　そなたの心に相応《ふさわ》しく、醜い戒めだな」

「口の減らない女だこと……それもどこまで続くことか」

現実世界なら容易に引き裂くことができるだろう触手も、今の麗蘭では無理だった。

それをいいことに、粘液にまみれた触手は麗蘭の胸や首筋、腋《わき》の下と全身を舐め尽くそうとするように淫《みだ》らな動きで這《は》い回る。

「ふふっ、誇り高き鈴家の当主ともあろう者がいいザマよの。でも、まだ……もっと不様で浅ましい牝犬《めすいぬ》の如き姿を、我の前に晒《さら》すまでは！」

触手の一つが麗蘭の乳房を容赦なくギュッと絞り上げた。そして、別の触手は反対に触れるか触れないかという絶妙な動きで、乳首に刺激を与える。

「くぅっ……んんっ……千年もの間、怨《うら》み続けてきた結果がこれか……やはり品性の下劣さが知れるな……」

凌辱《りょうじょく》を受けている身でありながら、麗蘭は相手を見下すようにそう言った。

それに対して、『過去の怨念』は下卑た笑みで応《こた》える。

「ふふっ、なんとでも言うがいいわ。だが、どこまでその気丈さを保っていられるかな。罪の意識に苛まれて我に心を支配されようとしている、弱き人間のくせに！」

「罪の意識……か。確かにそうかもしれぬ。だが……今の妾はそれを恥とは思わぬ！」

凛とした麗蘭の言葉に、『過去の怨念』は気圧《けお》され、すぐにそれを怒りで隠した。

「ええいっ、まだ男も知らぬ小娘の分際で偉そうなことを！」

触手のうちの二本が、男性の性器を模した形を取った。その一本が……。

「ぐふっ！　んぐっ……んぐぅぅぅ……」

麗蘭の口を犯した。触手は口腔内《こうこうない》を蹂躙《じゅうりん》し、更に喉《のど》の奥まで潜り込もうとする。

そして、もう一本は媚薬《びやく》効果のある粘液を噴き出しながら、麗蘭の股間《こかん》の亀裂《きれつ》へ向かう。

まだ処女地たる花弁を乱暴に押し広げると、触手はじゅぶりと挿入されていった。

破瓜《はか》による出血を満足げに見つめても、『過去の怨念』の怒りは収まらない。

「おぬしが快楽の虜《とりこ》に成り果てるのを見物しようと思っていたが、もうよい。このまま我の身体の一部で上下両方から内臓まで貫き、真っ二つにしてくれるわ！」

見るも無惨な死刑を実行しようと、『過去の怨念』が触手に力を込めようとした時だ！

何者かの手によって触手は切り落とされ、麗蘭は戒めを解かれた。

「な、何奴！　いや、この場所に我の知らぬ者が現れるわけが……」

「……お前には言ったはずだ。覚えているか、『過去の怨念』よ。俺がお前の妄執を終わらせると言ったことを！」

敢然とそう言い放ったのは、麗蘭の精神世界を媒介にして過去の世界へと飛び、そこから帰還を果たした、魔神勇二であった！

「魔神勇二！　何故か、妾はそなたが来てくれると信じていた……！」

破顔一笑した麗蘭の表情は勇二にとって初めて目にするものであり、同時につい先程、幼き彼女が最後に見せたものと同じであった。

「待たせたな、麗蘭」

勇二の言葉は、麗蘭の記憶を刺激した。

「えっ、お兄ちゃ……そ、そうか。そなたがあの時に妾を助けてくれた者だったのか……」

危うく『お兄ちゃん』と呼びそうになり、麗蘭の顔にほんの少しだけ赤みが差した。

そして、『過去の怨念』にも勇二に関する記憶が蘇った。

「……思い出したぞ。おぬしはあの継承の儀に現れて、我の邪魔をした男！　されど、今はあの時と同じようにはいかぬぞ。ここでの我は神も同然。見よ、鈴家の力とて今は翼と共に我とあるのだ！」

『過去の怨念』は、これ見よがしに背中から黒き翼を広げて勝ち誇る。

しかし、勇二が現れた今、麗蘭には『過去の怨念』に対抗する手段があった。

「確かに、妾のせいでこの空間でのあやつは無敵だ。だが、そなたと妾の魂を同化させれば、実体を持たぬあやつをここでなら消し去ることができる。そう、できるのだが……」

そう言いながらも、麗蘭は具体的な行動を起こそうとせず、表情に迷いを見せる。

「どうした、麗蘭？　躊躇《ためら》っている暇はないぞ」

「正直、妾は怖いのだ！　魂を同化させるとは、そなたに妾が今までに犯してきた罪を知られること……暗殺者として妾は大勢の者を殺めてきた。そのことで他の者にいくら罵《のの》られても構わぬ。しかし……そなたにだけは知られたくないのだ！」

包みなく心情を吐露して顔を伏せる麗蘭の肩に、勇二はそっと手を置いた。

「麗蘭……俺にもお前に知られたくないと感じることはある。けれど、それでも構わないと思っている。だから……俺を信じろ、麗蘭！」

麗蘭は顔を上げて、潤んだ瞳で勇二を見つめる。そして、言った。

「お兄ちゃん……か。ふっ、そなたには励まされてばかりだな、この妾としたことが……分かった。勇二、妾の心の全てを受け入れてくれ……そして、そなたの心も妾に……」

「いいぞ。やってくれ」

勇二が麗蘭を後ろから抱きしめるような形で、二人はぴったりと身体を合わせる。

その二人を前に、『過去の怨念』は失笑を洩《も》らす。

「ふっ……肉体という檻《おり》に閉じ込められた人間風情が、そう易々《やすやす》と魂の同化などできるものか……いや、待て……ならば、何故、あの男はここに……？」

『過去の怨念』はその答えを見つける。輝き始めた勇二の右腕の刻印に。

「こ、刻印だと……！　まさか、その力は我やあの女と同じ……させぬ。させぬぞ！　我はこの千年、その力を取り戻すためだけに……！」

『過去の怨念』が止めようとした時には、既に勇二と麗蘭の魂の同化は済んでいた。

勇二の中に麗蘭の心が流れ込む。

哀しみ……憤り……憎しみ……空虚な心……そして、絶望。

麗蘭の中にあるものは、家族を亡くしてからの勇二の心と少しも変わりはしなかった。

唯一残された僅かばかりの希望……そこに全てを託して生き続け、闘おうとする強い意志も又……。

「『過去の怨念』よ。その邪念、今こそ解放してやろう」」

勇二と麗蘭、二つの声が重なった瞬間、周りの闇は光に駆逐される。

『過去の怨念』もその光の渦の中に呑《の》み込まれていった。

そして、勇二と麗蘭は……。

☆　☆　☆

「ここは……そうか。マンションの屋上……現実の世界に戻ってきたという寸法か」

白み始めた空の下、立ち上がった勇二の背中に麗蘭が身を寄せる。

「えっ……どうした、麗蘭？　身体にダメージはないはずだが……」

「……そなたは全くもって鈍い男だな。それは、万死に値する罪でもある」

麗蘭は決心していた。今しか想《おも》いを言葉にする時はないと。

「勇二……一度しか言わぬぞ。妾はそなたのことを心から愛《いと》しいと思っている。強さの中にも優しさを、思いやりを忘れない、そなたのことが」

「えっ……？　いや、俺はお前が言うような、立派な男ではない。憎悪と怒りに心を奪われたことも……それに今も尚、心のどこかで復讐の炎を胸に宿して……」

「知っておる。だが、妾の伴侶《はんりょ》となる男なら、そのくらいの気概は必要だ」

麗蘭は勇二の前に回って、真正面からじっと彼を見つめる。

「妾は……そなたが欲しい。だから……そなたの気持ちを……返事を聞かせてほしい」

愛の告白を受けた勇二の脳裏に、麗蘭ではない女性の面影がはっきりと映った。

そして、それは魂を同化させた麗蘭にも既に分かっている事実であった。

「……すまない。麗蘭、俺はお前の想いに応えることはできない」

分かってはいても言葉で直接聞かされるのは、麗蘭も少し辛かった。だが、同時に勇二が正直に答えてくれたことが嬉しかった。

「ふっ……それでよい。もしも、そなたが妾を抱きたいなどの下心で適当な返事をしていたら、決して許さなかったところだ」

そう言って、麗蘭は首の辺りで親指をスッと横に動かした。

「うっ……怖い女だな、やはりお前は」

「愚か者！　女とは須《すべか》らくそうなるべきなのだ。そなたも覚えておくがよいぞ」

「そ、そうなのか？」

改めて女性というものの奥深さについて考え込んでしまう、勇二であった。

「それと、妾を袖《そで》にしたことを一生悔いるがよい。だが……そなたが妾の友であることは変わらぬ。友といっても、妾の永遠なる友、ガルムの次に位置するがな」

「最大の賛辞だ、その言葉は」

「ああ……そうであろうとも」

同意を示して、麗蘭は優しく笑った。

つられて微笑んだ勇二の不意を突いて、麗蘭はその唇を奪う。

「…………？」

唇を塞《ふさ》がれ、疑問を目で訴える勇二に、麗蘭も同様に目で「少し、このままでいろ」と威嚇する。

それは、鈴家が犯してきた暗殺という罪の償いを始めるための勇気、それを勇二から貰《もら》うための、麗蘭にとっては大切な儀式のようなものであった。

第九話　迫る死の爪、李飛孔の怪異！

「女……聞きたいことがある」

帰宅途中の京子をそう呼び止めたのは、謎《なぞ》多き人物、鴉丸羅喉《らごう》だった。

閃真流神応派格闘術の使い手で、勇二の兄、勇一の好敵手と呼べる男。

勇二に対しては、「殺す」と宣言しておきながら「兄を超えろ」とも命じ、鴉丸の行動原理が何にあるのかは、未《いま》だはっきりとしていない。落ち込んでいた美咲に稽古《けいこ》をつけてやったりしているのも、その意図は不明だ。

「あ、貴方《あなた》は……！　そう、鴉丸さんですよね？」

咄嗟《とっさ》に格闘技の構えを取った京子だったが、相手が鴉丸だと分かりそれを解いた。

「聞きたいことというのは、お前の恋人だった男、魔神勇一について……奴が世界平和を維持する『組織』とやらの傘下に入り、父母と妹の命を奪った。そして、奴自身も『組織』によって消された……という話を聞いたが、それは事実か？」

勇二が心に秘めたまま決して明かさなかったこと、それを鴉丸から聞かされて京子も動揺を見せるが、すぐにきっぱりと言い放つ。

「……あの人がそんなことをするはずありません！」

「そうかな？　人の心とは変わるものだぞ」

「いいえ。たとえ世界の全ての人が今の話を事実だと主張しても、私だけは絶対に信じません。それに……貴方もその話を信じないから私に尋ねてきたのでは？」

「ふっ……なるほど。魔神勇一の女だけあって賢いな。確かに、俺《おれ》もお前と同意見だ」

　実のところ、鴉丸としてはある男の正体が勇一ではないかと睨《にら》み、その確証を得ようと恋人の京子にこんな質問をしていたわけだった。

「だがな、人の心が変わるというのも嘘《うそ》ではない。人というものは、この世で最も醜悪でどうしようもない生き物に過ぎないからな」

　京子はブルッと身体《からだ》を震わせた。鴉丸の言葉自体はよくある人間の性悪説でしかなかったのだが、それを口にした彼の中に底知れぬ絶望の存在を感じたからだ。

「鴉丸さん……前に、貴方が格闘部の道場にいらっしゃった時には話もできませんでしたが……変わってしまいましたね、貴方は」

「ほぉ、まるでそれ以前の俺について知っているような口ぶりだな」

　警戒心と興味を同居させた視線で、鴉丸は京子を見つめる。

「勇一さんから貴方の話を聞いたこともありますし、二人が優勝を争った二年前の試合も直接、この目で見ていますから」

「ふん。あの試合か……だが、俺はお前と会った覚えはないぞ」

「ええ。ですが、その際に少しだけ貴方についてのプライベートな話を聞く機会を得られました。同じく応援に来ていた、貴方とは歳《とし》の離れた……」

「言うな、それ以上のことは！」

鴉丸の顔色が激変し、京子の話を途中で止めさせた。

それだけでは済まず、彼は怒りとも憤りともとれない迫力で京子の首を絞め始めたのだ。

「うぐっ……んっ……な、何故《なぜ》、こんな……」

鴉丸が本気で絞めていたらすぐに京子の首はへし折れていただろうが、彼にも迷いがあるのか、その指の力はじりじりとしか強められていかない。

そして、間一髪のところで京子の命を救ったのは、天から舞い降りてきた風花だった。

それを目にするやいなや、憑《つ》き物が落ちたように鴉丸の激情は抑えられ、京子の首にかけられていた指が外れた。

「ちっ……まだまだ俺も人ということか」

そう自嘲的《じちょうてき》に呟《つぶや》くと、鴉丸は逃げるように京子の前から立ち去っていった。

「けほっ、こほっ……ゆ、雪《ゆき》……」

窮地を逃れた京子が咳《せ》き込みつつ呟いた言葉は、その肩に降りかかっているものを指して言ったのか、それとも……。

☆　　☆　　☆

その頃《ころ》、勇二はどうしていたかというと……。

「せやぁっ！　はぁぁっ！　とりゃああっ！」

麗蘭への『恩返し』からようやく解放されたことで、修行場で久しぶりに充分な鍛錬に励む勇二の姿があった。

「ふぅーっ……やはり、俺はこうして修行に励んでいる時が一番充実している気がする。尤《もっと》も、そうとばかりも言っていられないのが現実だが」

麗蘭との一件のせいで、来夢や萌木に渡米しなかったという連絡をすっかり忘れていた勇二は、この日の前日に二人と鏡守神社で会っていた。

『ぶーぶー！　来夢もさんちゃんもアメリカでなんかあったんじゃないかって、すご〜く心配してたんだからね。それが日本にいたなんて……勇二お兄ちゃんの忘れん坊！』

『あのぉ、勇二さま……それで、私が頼んでおいた米国産のよもぎ餅《もち》の御土産は？』

来夢と萌木、それぞれから非難を受けた勇二は、真っ正直な彼にしては珍しく、ここ数日のこと、「麗蘭の世話をしていた」とはさすがに口にできなかった。

肝心なことは、その時に来夢から聞いた情報にあった。

『……あのね、勇二お兄ちゃんが刺客を次々と倒しちゃったでしょ。それで、各国政府が焦り始めたみたいなの。中には軍隊を送り込む、なんて言い出す国もあって……今はまだ例の『組織』が抑え込んでるみたいなんだけどね』

要するに、それだけ事態が切迫しているというわけだ。

麗蘭と藍花を最後に、あれから暗殺者の襲来が途切れていたのも、勇二には不安材料の一つだった。

「……そういえば、麗蘭が警告していたな。ルワイル・ルワインという名の『組織』子飼いの者には気を付けろ、と」

そう独り言を洩《も》らした時、勇二の腹の虫が鳴った。

「ふっ、腹が減っては戦は……というところだな。さて……」

そこへまさにタイミングよく現れたのは、ランチボックスを持参するまゆの姿だった。

「……勇二くん。あのね、そのぉ……お弁当、持ってきたの。一緒に食べない？」

「秋月……言っておいたはずだ。ここは危険だから来ないようにと」

「ご、ごめんなさい……でも、勇二くんにどうしてもお弁当、食べてもらいたくて……」

勇二の剣幕に、まゆは身の置き所がないように縮こまってしまう。それを見て、仕方なく「やれやれ」といった調子でまゆに近付いていった勇二の顔が不意に強張《こわば》る。

「……お前は誰《だれ》だ？」

「えっ……ひどいよぉ、勇二くん。しばらく会ってなかったからって、幼なじみの顔を忘れるなんて、そんな……」

「黙れ！　俺の知っている秋月は、水のように澄み、春の陽射《ひざ》しのように暖かい雰囲気の持ち主だ……姿形を似せたところで、貴様とは全然違う！」

チッと舌打ちをして変化を解いた偽者のまゆの正体は、以前にまゆを拉致《らち》しようとして勇二にも化けた暗殺者の一人、李飛孔であった。

「やれやれ……又も見破られてしまうとは、よほど貴方との相性は悪いようだ」

「そう思うのなら、今すぐ消えろ！　俺はもうお前ら刺客と闘う気はない！」

「つまり、私を見逃してくれると？　これは、これは随分とお優しいことで。その手で、あの鈴家の当主も籠絡《ろうらく》したのですかな？」

「籠絡？　そんなことはしていない！」

李飛孔は、ニヤニヤと妄想を膨らませる笑みを浮かべながら話を続ける。

「鈴家の当主も、所詮《しょせん》は女だった……そういうことですね。私の見たところ、彼女は生娘だったと思いますが、お味の方はどうでしたかな？　クックックッ……」

麗蘭を侮辱する李飛孔の発言、そのあからさまな挑発に、勇二は乗ってしまう。

「李飛孔！　それ以上、麗蘭を貶《おとし》める言葉を口にするな。さもないと……！」

「麗蘭？　ああ、そんな名前でしたね。暗殺者としての使命よりも男との快楽を先行させた、淫乱《いんらん》な牝豚《めすぶた》の名前は」

その言葉が勇二のセーフティーロックを外し、李飛孔にとってはリベンジマッチともいうべき闘いが始まった。

が……闘いは一瞬で決着がついた。

阿眞女や鈴麗蘭と、凄腕《すごうで》の暗殺者をも遥《はる》かに上回る存在との闘いを経験してきた勇二にとって、もはや李飛孔程度では相手にならなかったのだ。

「ぐふっ！　この私が……指一本触れられぬとは……」

「李飛孔よ。ルワイルとやらに伝えておくがいい。もう刺客は送ってくるな、とな。加えて……俺を倒したければ、お前自身が出向いてこい、ともだ！」

そう告げると、勇二は李飛孔にトドメを刺さずに見逃そうとする。

直接に『組織』と繋《つな》がりのあるルワイルを引きずり出そうという意図もあったのだろうが、それよりも麗蘭のことを思っての言動だった。

暗殺者として犯してきた罪を償う、そんな苛酷《かこく》な道を選んだ麗蘭を知れば、勇二が無益な殺生はしたくないと考えるのも当然だろう。

その認識が勇二を危機へと導く。一瞬の隙《すき》を突いた李飛孔は暗器を使用して勇二に一太刀浴びせ、そこに毒を注入するのに成功した。

「くっ……！　これは……何かの毒、か……だが、俺にそんなものは……」

「いいえ。必ず効きます。以前に見せたように、私は貴方にも変化できるのですよ。そこから得た貴方のデータを分析して私が作製した、『破滅をもたらす者』専用の毒ですから」

言いながら、李飛孔が大量に吐血する。

「そう……絶対に効くのです……貴方に変化して……我が身をもって人体実験済みですしね……その上、我が李家に伝わった巫術《ふじゅつ》で……この命を捧《ささ》げた呪《じゅ》もその毒には……」

「うぅぅ……ど、どうしてそこまでする……俺を倒して、世界一の暗殺者にでもなりたいっていうのか……そこまでしてそんな下らない名誉が欲しいか、李飛孔……」

「世界一？　そのような肩書きは鈴家が勝手に標榜《ひょうぼう》していればいい話です……私はどうしても世界を破滅させるわけには……来月には子供が産まれ……あ、愛倫《あいりん》……」

子供を産む愛する者の名前か、それとも産まれてくる子供につけようと思っている名前なのか、最期にそれを口にして李飛孔は黄泉《よみ》の国へと旅立《と》った。

李飛孔は、産まれてくる我が子のために自らの死を賭した。その事実は、勇二の死に抗《あらが》おうとする気持ちを挫《くじ》けさせる。

「俺は……自ら力を揮《ふる》わなくても……生きているだけで『破滅をもたらす者』なのか……」

刻印の力を発動すれば毒を消去できたかもしれないが、勇二はそれを忘れたようにやがて意識を失い、その場に倒れた……。

☆　　☆　　☆

闇《やみ》の中に埋没していた勇二の意識は、甘い香りと柔らかな感触によって覚醒《かくせい》した。

場所は、山小屋のベッドの中。そして、香りと感触の正体は、急激に体温を失っていく勇二の身体を自らショーツ一枚になって直接温めていたまゆによるものだった。

「あっ……勇二くん！　気が付いたんだ……よかった。ぐすっ、本当によかった……」

「秋月……？　そうか……お前が俺を助けてくれて……」

「今日ね、朝からずっと胸騒ぎがしてて……それでどうしても心配でここに来てみたら、勇二くんと男の人が倒れてて……勇二くんの身体、どんどん冷たくなっていって……」

「ありがとう、秋月。もっと気の利いた言葉が言えればいいのだが……どうも俺はそういうのが苦手で……とにかく、ありがとう」

「いいよ、言葉なんて……勇二くんが生きてるだけで充分なの。だって、私、勇二君があのまま死んじゃうのかと思ったら、怖かった……とっても怖かったの」

勇二が助かった安堵感《あんどかん》から、まゆは両手で顔を覆って啜《すす》り泣きを始める。

全裸に近いまゆの姿に目のやり場を失い、勇二はそっと身体にシーツをかけてやる。

涙が止まらないまゆと、その扱いに困る勇二。それは、幼なじみの二人が今まで幾度となく繰り返してきた光景であった。

しばらくしてやっと泣きやんだまゆは、勇二が予期していなかった質問をしてきた。

「あのぉ……勇二くん……麗蘭さんって誰？　勇二くんの大切な人？」

「えっ……？　秋月、どうして、その名前を……？」

「そのぉ……勇二くんがうなされながら、その人の名前を口にしてたから……あと、萌木さんという名前も……それに……あっ、来夢ちゃんのことは知ってるけど……」

「いや、秋月、そういうことじゃないんだ。どう言えばいいのか、その……」

珍しく動揺を露《あら》わにする勇二を見て、まゆは一大決心をする。

「あっ、待って……勇二くんが質問に答える前に、私に言わせて。ずっと言えなかったことを……私が臆病《おくびょう》だったから、怖くてずっと言葉にできなかったことを……」

「秋月……」

何かを予感して、勇二の鼓動は激しく高鳴る。それは、まゆの方も同じだった。

「好き……私、勇二くんが好きなの……大好きなの……！」

その瞬間、世界の何もかもが止まった……勇二はそんな錯覚に囚《とら》われる。

百戦錬磨の勇二も今なら赤子でも一撃を加えられるだろう、そう思わせるほどに彼は今混乱の極みに陥っていた。やがて、少しだけ彼の脳細胞が活性し始める。

（秋月は勇気を出して告白したんだ。だから、俺には答えを示す義務がある……いや、そんな風に考えるのはおかしい。自分の想《おも》いを口にする、そんな簡単なことが俺には……）

勇二はぴしゃりと頬《ほお》を叩《たた》いて自らを鼓舞することで、ようやく口を開いた。

「まゆ……俺はまだ修行中の身だから、生涯の伴侶《はんりょ》についてはどうこう考えられない」

いきなりそこに話が飛んでしまうのが、誠に勇二らしい。

「いいの。勇二くんはそれで……私は想いを伝えられただけで充分だから……」

「いや、そうじゃない。まゆにはできればずっと近くにいてほしいと思ってる。何故なら、俺にとって愛《いと》しいと感じる女性はお前のことだから……俺もまゆを愛しているから……」

「えっ……ゆ、ゆ、勇二くん、今言ったことって……本当？」

言葉だけでは信じてもらえなかったのかと馬鹿正直《ばかしょうじき》に受け取った勇二は、嘘ではない証拠を行動で示す。まゆを抱きしめ、彼女の唇に自分の唇を重ねることで。

「んっ……んんっ……」

ややや唐突で無粋な方法だったが、まゆに勇二の気持ちは伝わった。それは、閉じられた彼女の目から溢《あふ》れる嬉《うれ》し涙が物語っていた。

二人でかわした初めての口付けが若干の未練を残して終えられた後、勇二は今まで話していなかった刻印の力に纏《まつ》わる諸々《もろもろ》のことを、一つ残らずまゆに明かした。

話の中に、麗蘭や萌木に関する言い訳……否、説明が含まれていたのは言うまでもない。

「そんなことがあったんだ……今まで勇二くんは一人でそんな辛《つら》い目に……」

「本音を言えば……今の俺は全てを忘れて、このままずっとまゆを抱きしめていたい。そして、ずっと一緒にいたいと思っている」

「勇二くん……私だって、その……同じ気持ちだよ」

「しかし……俺には今、話したように為《な》さねばならないことがある。きっとそれはお前との明日を望むことでもあると思うんだ。だから……待っていてくれ、まゆ」

勇二の覚悟を受けて、まゆもそれを見守っていく決心を持つ。

ただそのためにはもう一度、口付けをしてほしいと願うのがまゆの乙女心であり、そっと目を閉じてそれとなく要求する彼女だったが……。

「それでだ……とりあえずは、そろそろ服を着てもらえないかな。これ以上、お前のそん

な姿を目にしていると、いくら俺でも……」

「えっ……きゃっ！　私ったらずっとこんな……やだ、もう、恥ずかしい！」

勇二の指摘でやっと自分がショーツ一枚だったのに気付き、まゆは胸を手で隠しながら勇二に背を向けた。

その時、まゆの背中に真紅の痣《あざ》のようなものが浮かんでいるのを、勇二は目にする。

「まゆ、その背中のものは……」

「や、やだ！　勇二くん、後ろ向いててくれる？　すぐに服、着ちゃうから」

「あっ、すまん……分かった」

目の錯覚だったのか、痣のようなものはすぐに消えてしまった。しかし、勇二はその形が逆十字だったことに不安を感じる。

(俺の右腕の刻印に似ていたような……まさかな)

否定はしたものの、すぐに新たな不安が勇二の中に生まれる。

李飛孔が命を賭した呪をかけてまでの『毒』、その効果がまゆに添い寝をしてもらっただけで勇二の身体から消えてしまったことだ。

(いや……それも無意識のうちに働いた、刻印の力のおかげなのだろう……たぶん)

まだその全容が解明されていない刻印の力を理由に不安を打ち消してしまう勇二の姿勢は、あまり彼らしくない。愛する者を得たことによる弱点……そう決めつけてしまうのは酷というものだろうか。

　そして、未来は勇二の不安を的中する方向に進み始める……。

☆　☆　☆

「……まゆ、本当に俺は挨拶《あいさつ》していかなくていいのか。形式的とはいえ、やはりこういうことはしっかりやっておいた方が……」

「そのぉ……勇二くんの気持ちは嬉しいんだけど、一気にそこまでいくのはちょっとね」

　山小屋から自宅までまゆを送ってきた勇二は、彼女の両親に対して正式に交際を申し込もうと考えていた。それを門の前で止めていたのが、当事者のまゆだ。

「ほらっ、うちのお父さんとお母さんって、ああいう感じでしょ。きっと勝手に暴走し始めちゃうと思うの。だから……」

「……そうだな。確かに今の俺の格好では失礼にあたるな、うん」

「えっ……？　そういう問題でもないんだけど。まあ、勇二くんが納得してくれればいいかな。じゃあ、ここで……」

　そう言って玄関に向かうまゆが、突然にグラリと身体をよろけさせた。

「まゆ、どうした？　大丈夫か？」

「へ、平気よ。少し眩暈《めまい》がしただけだから。なんか頭がふわふわする不思議な感じで……ふふっ、これも勇二くんの気持ちを知って、幸せに酔っちゃってるのかも」

「いや、風邪でもひいたんじゃないのか。どれ、熱を……」

額と額を重ねて熱があるか確かめようとする勇二に、まゆは「そんなことをされたら、本当に熱が出ちゃうよぉ」と頬を朱に染め、逃げるように家の中へ入っていった。

「……熱を確かめる時にはこうするものだろうに。おかしなまゆだな」

相変わらずの朴念仁ぶりを見せ、勇二もその場を去ろうとした時だった。

不意に勇二を妙な気配が襲った。皮膚を針でつつかれるような、ざらついた嫌な気配に。

「新たな刺客か？　もしかして、又、まゆを狙《ねら》って……」

一気に精神のボルテージが上がる勇二の耳に、まゆの家の中から女性の悲鳴が聞こえた。見ると、先程まで灯《とも》っていたはずの家の明かりが消えている。

「こ、これは、あの時と同じ……いや、そんなことを考えるな、魔神勇二！」

勇二が同じと感じたのは、自らの家族が惨殺された、あの惨劇の日のことだ。

「まゆ！　おじさん、おばさん、いるんだろ！　一体、何が……！」

返事の代わりに、何かが砕ける音がした。その音の発生源、居間に駆け込んだ勇二は目にする。あの惨劇の日を模したように、部屋の床にまゆの父と母が血を流して倒れている光景を。

違うのは一つ。過去においては、妹の恵の首を絞めんと兄の勇一が立っていたのに対して、今は人形のように感情のない目をしたまゆが淡い紅の光に包まれて宙に浮かんでいた。

その手を両親のものであろう鮮血に染めて。

「ま……まゆ……まゆだよな、お前？」

まゆがゆっくりと勇二に視線を向け、その身体を包んでいた紅の光も彼に向かって伸びる。正確にはその向かう先は、彼の右腕の刻印に対してであった。同時に激痛が右腕を襲い、刻印がドクッドクッと脈動を開始する。

「くっ……こんな反応は初めてだ。まゆ、何があったんだ、お前に……まさか、お前がその手でおじさんやおばさんを……そんなわけないよな、まゆぅぅぅっ！」

「ゆ……勇二……くん……私……」

勇二の叫びに応《こた》えて、まゆの瞳《ひとみ》に僅《わず》かな意志の光が戻る。それが戸惑い……そして怯《おび》えの色に変わったのは、血にまみれた自らの手と床に倒れる両親の姿を見た時だった。

「お父さん……お母さん……私が……いや……どうして？　いやあぁぁぁぁっ！！！」

悲痛な絶叫に呼応して、まゆの全身から凄《すさ》まじい光が迸《ほとばし》った。その光が勇二の目を眩《くら》ませ、いずこかへと消えるまゆを見失わせた。

すぐさままゆを追って外に飛び出そうとした勇二の衝動的な行動を、まゆの父親、将人のうめき声が止めた。幸いにも将人は、そしてまゆの母親、蒔絵も出血はひどかったが命に別状はないようだ。

しかし、すぐにでも治療が必要なのは変わりない。すなわち、それはまゆの追跡を今は断念しなければならないということを意味していた。

「……じゃあ、すいません。後のことはよろしく頼みます」

☆　☆　☆

まゆの両親が運び込まれた病院のロビーにて、勇二がそう告げた相手は連絡して来てもらった京子だった。

「分かったわ。でも……とにかく気を付けてね」

詳しい事情を聞かずに引き受けてくれるのが京子の優しさであり、ここはそれに甘えて勇二は姿を消したまゆを求めて、病院を後にした。

そうはいっても、まゆの行く先にあてがあるはずもなく、勇二は焦りを募らせる。

「まゆがいきなり両親を襲ったのも……俺のせい……俺の右腕にあるこいつの……！」

勇二は右腕の刻印に爪《つめ》を立てる。このまま毟《むし》り取ってしまいたいと願うほどに強く。血が滲《にじ》み始めてもそれが自分のもの、他人の血ではないのだからと更に強く。

「この刻印のおかげで、萌木の母親、阿眞女の魂を救ってやることもできた……麗蘭に巣くっていた『過去の怨念《おんねん》』を追い払うこともできた……しかし……しかし、そんなことがどうだっていうんだぁぁぁぁっ！」

刻印への憤りから、勇二は夜空に向かって声を限りに叫んだ。

それを聞きつけたのだろう、久しぶりの登場となるタイガージョーの鉄拳《てっけん》が勇二に向かって叩きつけられた。

　バキィィィィッ……！

「自棄になっても何一つ解決はせん！　まだ、それが分からないようだな、魔神勇二！」

「くっ……タイガージョー！　今までどこに……いや、知っているのか。まゆの身に起きたあの異変のことを……？」

　タイガージョーの虎《とら》のマスク越しに覗《のぞ》く目に哀《かな》しみが宿る。

「そうか……あの少女はお前にとって……生涯、愛する女なのだな」

　間髪入れずに「そうだ！」と答える勇二に、タイガージョーは告げる。

「まだ私も確証はないのだが……お前は辛い決断を愛する者に対して下さなければならぬやもしれぬ。だが！　なればこそ、その時こそがお前たちの愛が試される時だ！　二人で乗り越えろ。深い愛の絆《きずな》で！」

　タイガージョーのそんな叱咤激励《しったげきれい》は、勇二を苛立《いらだ》たせる。

「簡単に言うなっ！　タイガージョー、お前はいつもそうだ。大体、お前は何者なんだ。何の目的があって俺をつけ回す！　そのような怪しい奴《やつ》に、『愛』がどうのこうのなど語ってほしくはないっ！」

　当然、再び鉄拳が揮われると感じて身構える勇二だったが……。

「……そうだな。私に『愛』を語る資格はないのかもしれぬ。しかし、それは今のお前も同じことだ。こうしている今もあの少女がお前を信じて待っているかもしれぬのに、情けなく愚痴を垂れ流し、運命を呪《のろ》っているだけのお前ではな！」

「ぬっ……そうか、俺は……」

「勇二よ、『毒をもって毒を制す』だ。忌まわしい刻印の力も使いようによってはどうとでもなる。現に、今までお前はそうしてきたはずだ」

そう言い残して去るタイガージョーの背中に、勇二はどこか懐かしさを感じていた。

☆　☆　☆

タイガージョーの残した言葉の意味はすぐに判明した。

まゆのことを思って勇二が念じると、右腕の刻印が明滅し始めたのだ。

「……そうか。やはりまゆのあの不可思議な行動と力は俺の刻印に関係したことで……ならば、この共鳴に似たものを利用すればまゆの居場所も……」

ひたすら勇二は念じる。

（まゆはいつも俺の側《そば》にいた……いや、いてくれていたんだ、あいつの方が。格闘技一筋で普通の男のようにデートとやらもしてやれない俺なんかの側に……幼なじみだからそれが当たり前なんだと思っていた大馬鹿野郎の俺なんかの側にずっと……）

そして、このN市の街の下に造られている日本では珍しい広大な地下道において、勇二はまゆの姿を見つける。

「まゆ……そこにいるんだろ？　俺だ、勇二だ」

「勇二くん……？　いやっ、来ちゃ駄目ぇぇぇっ！」

小さな明かりがぽつりぽつりと点在しているだけの暗い地下道、その片隅でまゆは膝《ひざ》を抱えて震えていた。手に付着していた両親の返り血を泥水か何かで拭《ぬぐ》い取ったのだろう、その汚れた顔が痛々しい。

「まゆ、おじさんとおばさんは無事だ。だから……」

「駄目っ！　勇二くん、私、怖いの……頭の中が真っ白になって……気が付いたら、お父さんとお母さんにあんなことを……私……私……」

困惑と怯えの中、全てを拒絶しようとするまゆを、勇二はしっかりと抱きしめる。

「大丈夫だ、まゆ。俺がついている。何も心配することはない！」

「でも、もしかしたら……私、勇二くんにも何かとんでもないことを……」

「いいんだ！　たとえ千の刃《やいば》を身体に突き立てられようとも構わない。俺はまゆを守る！　愛するお前を守りたいんだ！」

多少芝居がかった言葉も、勇二が口にするとそうは感じられない。それは、まゆが泣きじゃくりながら勇二にしがみついたことからも明らかだろう。

「うっ……うぅぅ……勇二くん……私……ぐすっ、うぅぅ……」

「大丈夫だ……もう大丈夫だからな」

まゆの背中を優しく撫《な》ぜながらかける勇二の言葉は、この先のことを思うと、ある意味、自分自身にも言い聞かせているものだった。

☆　　☆　　☆

勇二は、ひとまずまゆを例の修行場、山小屋に連れていくことにした。

「疲れただろ、まゆ。今は少し休むといい」

「うん……ごめんね。勇二くんも大変なのに気を遣わせちゃって」

ベッドに横になって少し落ち着きを取り戻したまゆは、地下道に一人でいた時に考えたことを勇二に向かって語る。ずっと続くと思っていた幸せな日常が如何《いか》に脆《もろ》く、儚《はかな》いものだったか、思い知ったことを。

「……そう気付いて、やっと分かったの。私、勇二くんにひどいことしてたんだなって」

「えっ……ひどいことって俺に、か？　別にまゆは何も……」

「ううん。だって……勇二くんはこんな状況の中、ずっと一人で頑張っていたんだよね。なのに、私は頭の中でそれを理解したつもりになって……全然、理解してなかった」

まゆの手が心底悔しそうにぎゅっと握りしめられる。

「……私は安全な場所から可哀想《かわいそう》だって思っていただけで、ただの自己満足の思い上がりで……最低だよね」

自分こそまゆを巻き込んでしまった張本人という認識がある勇二は、心をかき乱される。

「最低なんて……そんなわけはない。とにかく今夜は何も考えずに寝ろ。いいな」

そう口にするので勇二は精一杯だった。

「うん……おやすみなさい、勇二くん」

そう答えて素直に目を閉じ、やがて寝息を立てるようになる、まゆ。

しかし、愛する両親を危うく手にかけてしまうところだった残酷な現実は、まゆに安らかな眠りを与えない。ある時はうなされ、又ある時はその瞳から涙を溢れさせるまゆを見て、勇二は思った。

（俺は……まゆの側にいるべきではないのでは……）

気落ちする勇二の心の支えは、タイガージョーの励ましの言葉だった。

『二人で乗り越えろ。深い愛の絆で……』

☆　☆　☆

山小屋での男女二人きりの生活……言葉にするとロマン溢れる響きにも聞こえるが、場合が場合なだけにそうもいかず、特にまゆは終始沈みがちの状態が続いていた。

勇二も極力、話し相手に応じてやったり、麗蘭の世話をしていた経験から上達した料理の腕を振る舞ったりと、まゆの気を紛《まぎ》らわせようとしていたが、あまり効果はなかった。

一つには、まゆが山小屋から出たがらないことに原因があったのだろう。勇二が気晴らしに散歩に誘っても、「又、意識がなくなって誰かを傷付けたりしたら……」と、まゆは頑として外に出ることはなかったのだ。

そんな日々が数日続いたある日、意外な訪問者が山小屋を訪れて、二人の気まずい状況を救う。

「はぁはぁ……あー、しんど。おっ、元気そうやないの、魔神くん。まゆに会いに来たで」

大きなリュックを背負い山道を登ってきたのは、ナニワのツッコミ娘、成美である。

「軽井沢？　まゆに会いにとは……どうして、ここが？」

「うちを舐《な》めたらあかんで。まゆの居所はうちのサブサブギャグ専用レーダーで……なんて言うと、魔神くん、本気にしよるからな。ほんまは、京子先生から聞いたんや」

ナーバスになっているまゆのことを考え、勇二は簡単に事情を話して成美にこのまま帰ってくれるように頼む。だが、それで引き下がる成美ではない。

「それがなんやっちゅーねん！　うちかて半端な気持ちで来とるんやないっ！」

「だがな、まゆはたぶん……」

「うちを傷付けるかもしれんから会いとうない……大方、そないなところやろ？」

「……よく分かるな、軽井沢」

「当然や。うちもダテにハリセンでまゆにツッコミ入れてたんやないで。あの子が苦しんでるとこ放《ほう》っておいて、何が相方やっちゅーねん！」

口調は軽いが、成美のまゆを想う気持ちは真剣かつ本物だった。それを無視することは勇二にはできない。

「まっ、二人の同棲《どうせい》生活を邪魔されたくないっちゅーことやったら、話は別や。もしかして、小屋の中には使い捨てられたティッシュが散らばってたり、まゆがとても言葉にでは言えへんエッチな格好だったりして……ふむふむ、確かにそれは見せられへんやろなぁ」

決して成美のそんな脅しに負けたわけではなく、勇二は彼女を山小屋に連れていく。

「あっ……なる……」

「おいおい、まゆ。そこで言葉、止めんとき。なんや、卑猥《ひわい》な別のもんに聞こえてまう」

ツカミのギャグをそう口にすると、成美は戸惑うまゆを尻目《しりめ》にズカズカと山小屋の中に入っていく。そして、何か言おうとするまゆを制して成美は矢継ぎ早に言葉を放つ。

「まゆ、言うてみい。うちはアンタのなんや！　うちはアンタの友達やないんか？　それとも、うちだけなんか。アンタを友達やと思うとったんは」

「違う……私だってなるのことは大切な友達……そう思ってるからこそ、なるには……」

「よっしゃ！　それならなんも問題ない。友達が友達のとこに会いに来ただけ、ただそれだけのことや。そやろ、まゆ？」

真面目な勇二やまゆにはできない成美の強引な論法と開き直り。しかし、今それこそがこの場には必要だったのかもしれない。

「うん……そうだよね。ありがとう、なる……ぐすっ……」

「こらこら、何、泣いとるんや、まゆは。うちはそーいうウエットなんは好かんのに」

そう言う成美も改めてまゆの無事な姿を見られて、目に涙を滲ませていた。

二人に気を利かせて勇二が席を外した後、成美はまゆのために持参してきた差し入れの数々を披露する。中でも、まゆが助かったのは生理用品の存在だ。

「まっ、こればっかりは魔神くんに頼むっちゅーわけにもいかんやろうしな」

「うん、実はそうなの。でも、こんなことに気が利く勇二くんだったら、ちょっと困る」

「それもそやな。けど、コンビニでナプキンかタンポンか悩む魔神くんを見たい気も……」

「もう、なるったら……あっ、やめて！　今、その光景、想像してたでしょ、もう！」

成美の差し入れには、まだ病院に入院中のまゆの父親、将人からの手紙もあった。

そこには、『何があっても、まゆのことは信じている』という力強い信頼の言葉がしたためられていて、まゆには最高の励ましとなった。

「蒔絵おばさんからは、たった一言、伝言や。『くれぐれも勇ちゃんと間違いを起こすように』って言うとったわ」

「お母さんってば、又そんなことを……それに、勇二くんがそういう男の人だったら私も苦労しないもん……って、あわわっ、今のなしだからね、なる！」

「ははは……聞かなかったことにしたる……と言いたいとこやけど、ちゃ～んとおじさんとおばさんには報告しといたるわ」

そんなやり取りのうちに、成美がお暇《いとま》する時間がやってくる。

「……ありがとう、なる。今日は本当に楽しかった」

「ほら、ほら、そないにしみじみするんやないって。うちかて楽しかったで。ほな、又来るよってにな、まゆ」

飽くまでもさっぱりとしたまま去ろうとする成美は、小屋の外に出た後もそこで修行を兼ねた薪割《まきわ》りに励んでいた勇二に「ほなな〜っ」と告げただけで山を下りていった。

「うっうぅぅ……なんでや。なんでまゆや魔神くんがあないな目に……」

成美がそう嗚咽《おえつ》を洩らしたのは、山を下る途中、完全に一人になった時のことだった。

☆　☆　☆

それからも、成美は暇を見つけては足繁《あししげ》く修行場へと通う。

勇二もまゆも成美と接することで、失ったはずの平穏な日常を手元に取り戻したような気分になっていた。

だが、それは一種の現実逃避に過ぎない。

忘れようとした悲劇が、その日、静かに忍び寄る……。

「……ちゅーわけで、まゆは表向き、盲腸の手術で欠席ってことになっとるからな」

「なる、どうでもいいけど、どうして盲腸なの？」

「どうしてって、それが定番やないか。妊娠した芸能人が誤魔化《ごまか》すためのアレや。そやさかい、うちがそれとなくそんな噂《うわさ》も流しといたからな。相手は無論、魔神くんってことで」

「う〜〜っ……私、学校に戻った時、どんな顔したら……盲腸だけに、もう、しょうがないことだけど……もう、しょうがない……もう、ちょうがない……」

それこそしょうもないまゆのダジャレが飛び出し、成美の爆裂ハリセンによるツッコミが決まる。そんな懐かしい展開に、まゆの明るさが戻ってきたことを確認して成美がホッとしたのも束の間だった。

「っ……うぅぅっ……にっ、逃げて……逃げて、なる……」

突然、成美の見ている前でまゆが苦しみ始めた。

「ど、どないしたん、まゆ？　しっかりせい、まゆっ！」

「早く逃げてっ！　私が私でなくなる……前に……いやっ、出てこないでっ！」

慌てて成美はまゆに駆け寄ろうとした。が、その時にはもうまゆの瞳から感情が失われていて、成美はその身体に触れようとした途端、不可視の力で弾《はじ》き飛ばされた。

「きゃうっ……えっ？」

したたかに床へ背中から叩きつけられるところだった成美を間一髪でキャッチしたのは、異変を察知して小屋の中に駆け込んできた勇二だ。

「妙に木々がざわめいていると思ったら、やはりか。右腕の刻印まで又……」

唇を噛《か》みしめる勇二の前で、まゆの身体がすうっと宙に浮く。そのまま操り人形の如《ごと》き

ぎこちない動きで伸ばした手の先は、成美の方向を向いていた。

「すべては……こくいんをもつもの……そのために……」

音声合成されたような抑揚に欠けたまゆの声、それが発せられると成美が悲鳴を上げた。

まるで感電したように身体を痙攣《けいれん》させる、成美。と同時に、まゆの身体が淡く光る。

「軽井沢から力を吸い取っている……のか？　やめろっ、やめるんだぁぁぁぁっ！」

勇二は叫びつつ、まゆに抱きついた。その腕を振りほどこうと、まゆは暴れる。

ようやくそれが収まったのは、以前と同じく勇二が右腕の刻印に鈍い痛みを感じた後、しばらくたってからのことだった。

「……勇二くん……？　なる……？」

「まゆ……よかった。元に戻ったんだな」

「ははっ……う、うちも今のにはビックリやったな」

とりあえず胸を撫で下ろす勇二と、無理に明るく振る舞おうとする成美。

だが、悲劇はまだその幕を下ろしていなかった。

「わ、私、又、何かに意識を奪われて……駄目……やっぱり駄目ぇぇぇっ！」

衝動的にまゆは近くにあったナイフを手に取り、その先端を自らの首に押しつけて自殺を図ろうとした。これも勇二の手でナイフを取り上げられて止められはしたが……。

「勇二くん……このままだと、私は大事な人を傷付けてしまう……」

「まゆっ！　生きることを諦《あきら》めるな。俺と共に最後まで足掻《あが》いてくれっ！」

「でも！　傷付けるだけじゃなくて、その人の命まで……そんなのいや……いやなのっ！」

まゆに対して、勇二はかける言葉が見つからない。「望みを捨てるな」といった類《たぐい》の言葉は見つけられても、まゆが何者かに意識を奪われ他人を襲ってしまう事態への解決策を思いつかないことには。まゆが実行した『自殺』以外の解決策を見出《みいだ》さないことには。

話には聞いていた成美も、実際にまゆが虚《うつ》ろな瞳で自分を襲ってくるのを、自殺を選ぼうとするほどの絶望を目の当たりにしてしまっては、さすがに落ち込んでしまう。

「これ以上、うちがここに来るんは……まゆの重荷にしかならんのやろか」

勇二にそうこぼすと、成美はとぼとぼと修行場を後にしていった。

その成美を見送った後、小屋に戻った勇二はぼんやりと窓の外を見つめているまゆに、ミルクを温めて渡す。

「少しはその……気持ちが落ち着くはずだ。熱いから気を付けてな」

コクリと頷《うなず》いてミルク入りのカップを受け取ったまゆだったが、少ししてそれは手から滑り落ち、中身が床に広がった。

「ごっ……ごめんなさい、勇二くん。あの……私……」

「いいんだ。気にするな……あっ、俺が拭《ふ》くからまゆはそのままで」

雑巾《ぞうきん》で床を拭く勇二を、まゆは困ったような顔で見つめ、そして言った。

「勇二くん……次に私が私でなくなったら、その時はお願い……私を殺して」

「なっ……！　馬鹿なことを言うな！　俺はいやだ。絶対にそんなことはできない！」

「だって……駄目なの、私。今、こうしていても何かが私の中で囁《ささや》いているの……きっともうすぐ抑えられなくなって、又、誰かを……」

「まゆ、前に話しただろ。俺が『破滅をもたらす者』だと呼ばれているのは。それでも、俺はこうして生き続けてるんだ。だから、まゆだって……！」

まゆの目は、先程、発作的に自ら命を絶とうとした時とは違う、悲愴《ひそう》な覚悟を決めた者だけが持つ強い意志の光が宿っていた。

だからこそ、勇二は引き下がるわけにはいかない。それからしばらく二人の間で同じ言葉の応酬が繰り返された。まゆは「殺して…」と。勇二は「いやだ！」と。

そのうちにまゆの言葉は啜り泣きに変わり、彼女の哀しみを共に分かち合おうと勇二は唇を重ねていった。

「まゆ……」

重ねていた唇をゆっくりと離し、勇二は愛しい者の名を万感の思いを込めて口にした。

「……私も本当は死にたくない……生きて……ずっと勇二くんと一緒にいたいの！」

「俺もそうだ。もう愛する者を失うのは……まゆ！」

それ以上、もう言葉はいらなかった。

勇二とまゆ、二人は過酷な運命を一時でも忘れるべく、一つの方法を選ぶ……。

☆　☆　☆

「あっ……んんっ……」

まゆの口から甘い吐息が洩れる。悪戦苦闘の末にブラを外した勇二に後ろから抱きしめられ、露わになった胸の二つの膨らみに触れられたせいだろう。その柔らかさに戸惑いつつ、勇二はまゆの首筋に口付けをする。

「んん……勇二くん、私の胸、どきどきしてるの……分かる？」

「ああ、分かるよ。俺も全く同じだ。心臓が爆発しそうだ」

そう答えると、勇二はまゆの呼吸に合わせて上下している乳房、その頂点にもそっと触れてみた。それだけで、まゆの身体はぴくんと反応する。更に腫《は》れ物を扱うような繊細さで愛撫《あいぶ》を続けていくと、頂きは硬く尖《とが》り始め、まゆの吐息は断続的なものになっていく。

「んっ、あぁん……勇二くんの手、なんか凄《すご》い。魔法の手みたいで、私、どんどん……」

まゆの首筋にあった唇を、勇二は頬へ、そして耳元へと這《は》わせる。同時に胸に添えられていた手がゆっくりと下に下りていき、ショーツの上からまゆの大切な部分に触れた。

「あっ……！　そ、そこは……勇二くん……そこは……」

一瞬脅《おび》えた目をしたまゆも、勇二が唇を重ねるとすぐに信頼しきった眼差《まなざ》しに変わる。

何もかもが初体験の勇二だ。だから、女性の秘所への愛撫も最初はただ指先でなぞるだけだったが、そこが愛液で潤み、ショーツにシミができる頃には、まゆの喘《あえ》ぎ声の強弱からどこをどうすればいいのかがおぼろげに分かってくる。

「んんっ、はぁうん！　やだ、私、声が……それに凄く濡《ぬ》れちゃってて……いやぁぁん！」

夢見心地の表情で喘ぐまゆを見ては、勇二もたまらない。まゆをベッドに寝かせると、その身体から残る最後の一枚となった布を取り去った。

愛しい者の生まれたままの姿が勇二の目の前にさらされる。初めて見る秘所は勿論《もちろん》のこと、朱に染まり上気した肌、その美しさに勇二は目を奪われた。

「ゆ、勇二くぅん……そんなにじっと見ないで……恥ずかしいよぉ……」

「まゆ……綺麗《きれい》だ。恥ずかしがることなどないぞ。本当に綺麗だ……」

そう語りかけると、勇二は衝動のままにまゆの足を広げてその奥に位置する秘裂へと顔を近付けた。そこには、密《ひそ》やかに繁る恥毛に囲まれた薄桃色の花弁が慎《つつ》ましく花開かんとしていた。トロリと染み出す透明な蜜《みつ》も、勇二の『男』を刺激する。

「まゆ……お前を俺だけのものにしたい」

ストレートな勇二の言葉に、秘所を見られる恥ずかしさから顔を手で覆っていたまゆもコクッと頷き、素直な表現で答える。

「はい……私も勇二くんだけの……貴方だけのものになりたい」

緊張感からゴクリと唾《つば》を飲み込み、勇二は自らも裸になった。

日々の鍛錬とは本来無縁のはずである勇二の股間《こかん》の剛直は、華奢《きゃしゃ》なまゆの手首ほどに逞《たくま》しい屹立《きつりつ》を見せ、見事に割れた腹筋に向かって反り返っていた。

「きゃっ！　そ、それが勇二くんの……？」

一度は目を逸《そ》らしたものの、興味が打ち勝ったまゆは勇二の剛直をまじまじと見つめる。

「な、なるほど……確かに見られるというのは、恥ずかしいものだな」

初体験への自信のなさと照れがない交ぜになって、勇二はまゆを抱きしめる。まゆも勇二の身体に手を回し、二人は互いの体温と命の鼓動を感じ合いながら抱擁を続ける。

言わば、その時間は二人が一つになるための助走のようなものだった。

勇二は「まゆ……」と囁くように彼女の名を呼んだ。

まゆは「うん……」と消え入りそうな声で同意を示した。

そして、勇二はゆっくりとまゆの中へと入っていった。

「んんっ……！　あっ……ああっ……くぅっ！！」

痛みを訴えるまゆの声が、勇二の罪悪感をチクチクと刺激する。それを表情から察したまゆは「大丈夫」という言葉の代わりにニコリと微笑《ほほえ》みを作る。

やがて、プツリと何かを破った感触と共に、勇二の腰の進行が止まった。

「ゆ、勇二くん……私たち、これで……本当に結ばれたんだね」

「ああ……法律的には別だが……これで、まゆは俺の妻だ」

「えっ……ぐすっ、嬉しい……嬉しいよぉ、勇二くん。これでもう私は……」

不吉な言葉を口走りそうになるまゆの唇を、勇二は自分のそれで塞《ふさ》いだ。続いて、涙に濡れるその頬にも優しく口付けをしてそれを拭う。

「はぁ……ぁ……ぁ……来て、勇二くん。私をいっぱい感じて……」

まゆの願いに、勇二はゆっくりと腰を動かし始める。その躊躇《ためら》いがちな抽挿に、まゆは身体をわななかせて切なく喘ぐ。

「ああっ……あっ、んんっ……私の中に勇二くんを感じる……もっと……もっとぉ！」

所在なさげに差し伸べられるまゆの手。その手に勇二は自分の手を重ね、指を絡めていった。それでもまだ足りないのか、互いの名を呼び合いながら互いの身体を求め合い、二人は甘く切ない愛の儀式に没頭する。

そして一つの終局が……勇二の高まりに限界が訪れようとする。

急いで身体を離そうとする勇二の行動を、まゆが彼の首に手を回して拒否する。

「駄目……離れないで。このまま勇二くんのを……」

「えっ……いや、しかし……」

現在進行中の行為すら婚前交渉と捉《とら》え、激情に従わなければおそらくできなかった勇二にとって、膣内《ちつない》射精などとても許されることではない。

だが、その信念もまゆの請うような瞳に案外、あっけなく崩れ去った。

「分かった……でも、俺がそうしたいからそうする。もしも……つまりはそうなった時の責は全て俺が担う！」

何もそこまで力まなくてもいいだろうが、勇二はその勢いのまま腰を激しく打ちつける。勇二の強靭《きょうじん》な腰でそんな風にされては、まゆの負担が大きい。勇二への愛情から充分に愛液が分泌していたといっても、つい先程まで処女だった彼女の秘所にはやはりまだ快楽よりも痛みが勝ってしまう。

「んんっ……はうっ……勇二くんが……こんなにも……私を……ひゃうぅぅぅっ！」

その激しさこそが勇二の愛だと、身体に刻み込まれる痛みがその証《あか》しだと、まゆは信じて全てを受け入れた。

「まゆ……俺の全てを……くっ……受け取ってくれぇぇぇっ！」

勇二は低くうなるように叫ぶと、まゆの最深部へと自らの高まりを放った。

「はあぁぁぁぁ……！　うん……勇二くんの……熱いのが……私の中に……」

勇二の迸りを子宮に受けて、まゆは絶頂こそ味わえなかったが、愛されたという喜びで心が満たされていた。

このまま時が止まってしまえばいいと願いつつ、勇二はまゆを強く抱きしめる。

それが叶《かな》わぬ願いとか馬鹿馬鹿しいとは微塵《みじん》も思わない、こんな時でも前向きな勇二であった。

第十話　贄の戦慄！　救え、愛しき者を

一つのベッドの中、同じ布団に包まれながら二人で迎える朝。

目を覚ますと、隣に誰《だれ》かがいる。それも愛する者がいるという安息。

自分とは違う匂《にお》い、そして肌と肌とが触れ合うことで分かる温かさに、生きている実感を噛《か》みしめられる一瞬。

勇二とまゆは、山小屋での生活で初めてそんな幸せを感じていた。

「……おはよう、まゆ」

「えっ……お、起きてたんだ、勇二くん。えと、その……おはようございます」

幸せの中、単純に勇二は微笑《ほほえ》んでいたが、そうはいかないのがまゆだ。

昨夜の初体験後にそのまま裸で寝てしまったことから、まゆは「さて、どうしようか」と思案に暮れていた。そんなことを考えると自然に勇二とした行為についていろいろと思い出してしまい、まゆの顔は火照ってしまう始末だった。

「えっと……勇二くん、先にベッドから出てくれる？　あっ、それもちょっと目のやり場に困るから……できたら、もう一度目をつぶって少しだけ眠っててほしいんだけど」

「ん？　まゆは何が言いたいんだ？」

麗蘭が以前に指摘した通りに、やはり鈍感は罪なのだろう。朝の光の中で裸を見られるのが恥ずかしいとまゆが思っている。それが分からないのが勇二だった。

「とにかく！　いいから目をつぶってて！」

命令に従って勇二が目を閉じると、まゆはするりとベッドから脱け出し、小屋の中を着替えの服や下着やらをアタフタと探し回る。

「あれっ、どこだったかな……えと、確か……」

「洗濯がすんだ服なら、隅の戸棚の中にあるぞ」

「あ、ありがとう、勇二くん……って、あ～～～っ！　目を開けてるぅぅぅ！」

「いや、まゆが何か困ってるみたいだったから……」

頬《ほお》を染めたまゆが「いや～っ！」と手にしていたものを勇二に投げつけた。それが替えの下着だったことからますます真っ赤な顔になるまゆであった。

☆　☆　☆

朝食がすんでも朝の一件でまだ所在なさげなまゆを、勇二は散歩に誘う。

まゆは、「でも……」と不安げな目をする。その反応を半ば予想していた勇二は、散歩の目的地候補に公園を挙げた。

「あそこは、俺《おれ》たちにとって思い出の場所だったろ？」

「……うん。そうだね……公園なら私も行きたい…かな」

まゆの表情がふんわりと和むのを見て、勇二は気が変わらないうちにとその手を取る。

少し前はそうして手を繋《つな》ぐことすら難しく、あまりなかったのを思うと、まゆの顔はいっそう和んで目映《まばゆ》いほどの笑みへと変わった。

まだ朝も早いせいか、二人が到着した時、公園に人の姿はあまり見られなかった。

まゆのことを考えると、ある意味それはありがたいと勇二は思う。

「あっ、見て、見て、あのブランコって昔のまま！　ねっ、乗ってみていい？」

「別に許可はいらないぞ。それに……そうだな。ブランコも悪くないな」

二人は並んでブランコを漕《こ》ぐ。成長した二人にとって、子供用のブランコでは思い切り漕ぐような真似《まね》はできない。それでも、二人ははしゃぐように楽しんだ。共に遊んだ幼き日のことを思い出し、昔話に花を咲かせながら。

「勇二くん、気付いてる？　私を『秋月』じゃなくて『まゆ』って呼ぶようになったのを」

「えっ……？　あっ、そういえばそうだな。いつからだったのかな」

「あの時からだよ。勇二くんと私が山小屋で想《おも》いを確かめ合った時から……勇二くんってそういうとこが凄《すご》いのよね。特に意識しなくても、自分の感情のまま素直にそう呼ぶようになっちゃうんだから……」

「まゆ、それは褒めてるのか？」

「うん。だって、私はそういうの駄目だもん。ほら、あの時だって……」

まゆが『あの時』のことを語り始める。もともと名前で呼び合っていたのを、中学に入ってすぐの頃《ころ》、クラスメートたちに冷やかされたのがきっかけで、まゆから勇二に「もう名前で呼び合わない方が……」と言い出したことを。

「……その時の勇二くん、少し戸惑った顔をしながら、それでも黙って頷《うなず》いてくれたよね」

「だってな、あの時のまゆ、泣きそうな顔をしてたから……俺にはそうするしかなかった」

「……うん。その時の私、涙は出てなかったかもしれないけど、たぶん泣いてた。なんだか、とっても哀《かな》しかったから」

まゆはブランコを漕ぐのをやめた。ブランコの鎖がギイッと短く音を立てて止まった。

「私ってずるいね。その時だって私だけ『勇二くん』って名前で呼び続けて……それに、いつも勇二くんに助けてもらってばかりで……私は勇二くんのために何も……」

「それは違うぞ、まゆ。どうしてそんな風に考えるんだ？」

「だって……本当にそうだから……」

表情に翳《かげ》りが差したままのまゆに、勇二は昔この場所でかわした約束の話を持ち出す。

……まだ二人が小学生の頃、ブランコに乗ったまゆを囲んで近所の悪ガキたちが苛《いじ》めた。そこに勇二が現れて悪ガキたちを全員叩《たた》きのめした。『約束』とは、それでも泣きやまないまゆに向かって勇二がしたものだった。

「……俺は、あの時の約束を忘れていない。もし、お前が泣くようなことがあれば何があってもずっと守ってやる……そう約束しただろ。これからだって、ずっとそうしたいんだ」

言葉だけに終わらず、勇二はブランコから降りて後ろからそっとまゆの肩を抱いた。

その時だった。いきなり空から何かが飛来して、近くのジャングルジムに降り立った。

「キィヒヒ！　早朝デートとは余裕だな、『破滅をもたらす者』め！」

それは暗殺者の一人、飛行型人造人間、コードネーム『レッドファイヤー』だった。

「まずは礼を言わせてもらうぜ。貴様が腕利きの暗殺者どもを倒してくれたおかげで、一躍俺も今ではトップクラスよ。ご褒美に貴様を炎の羽ばたきで黒焦げにしてやるぜぇ！」

そう言うやいなや、レッドファイヤーは口から火炎球を撃ち出した。

咄嗟《とっさ》に勇二は、閃真流人応派奥義『鳳凰光翼壁《ほうおうこうよくへき》』、俗に言うバリヤーに近い技で防御したが、敵の火炎球はブランコの柱を一瞬で溶かすほどの威力があった。

「自由に空を飛び回れる能力は厄介だな。まゆ、決して俺の後ろからは……えっ？」

気付くと、背後に勇二が庇《かば》っていたはずのまゆの姿は消えていた。否、まゆはレッドファイヤーよりも更に上の位置、宙に浮かんでいたのだ。虚《うつ》ろな瞳《ひとみ》で見下ろしながら。

「そんなことは……させない。こくいんをもつもの……ころさせはしない……」

「よせ、まゆ！　下がるんだ。そいつは俺が……！」

「ど、どういうことだ？　ええい、よく分からんが、その小娘から先に殺《や》ってやる！」

レッドファイヤーの放った火炎球がまゆに襲いかかる。が、それはまゆが手をかざした瞬間、弾《はじ》けるように全て消滅した。

驚愕《きょうがく》の表情を浮かべるレッドファイヤーに、今度はまゆの身体《からだ》から発する巨大な気が津波と化して襲いかかった。

「何ぃっ？　あがががっ！」

レッドファイヤーの身体は地面へと急落下する。大した外傷は見当たらないが、どうやら根こそぎ生気を吸い取られたようで意識を失っていた。

「こんなことが……まゆ、しっかりするんだ！　その力は危険だ。元のまゆに……落ち着いて力を抑えるんだ！」

勇二の声に、まゆは全く感情を見せずに答えた。

「もっと、ちからを……こくいんをもつもののために……それは、このむすめものぞんでいること……なぜ、それをはばむ……」

答えたのはまゆではなく、今まで何度か耳にしたまゆの身体を奪おうとしている何者かの声だった。

その声に右腕の刻印が激痛という反応を示し始めるのを、勇二は気を集中して無理やり抑えつける。それが功を奏したのか、まゆの瞳に感情らしきものが揺らめいた。

「駄目、抑えきれない……やめろ。むだなことだ……勇二くん、私の中で力が……いまはひとまず、こくいんをもつものから、みをかくし……ああっ！」

二つの声が交錯しているところを見ると、まゆは必死になって自分の中にいる別のものの力に抗《あらが》おうとしている。しかし、それも限界に近い。まゆの背中には服の上からでもはっきりと分かるほど、逆十字の印が紅く輝いていたのだから。

「勇……くん……お願い……私を……止めて……」

残っている力の全てを込めて、まゆが声を絞り出す。

「私が……私の大切な人たちを傷付ける前に……お願い……私を……止め……て……勇二く……ああああああっ！！！」

一際大きく悲鳴を上げたまゆは、目映い光と共にまるで朝焼けの空に溶けていくように勇二の前から姿を消してしまった。

「まゆ……まゆぅぅぅぅぅっ！！！」

その虚《むな》しい勇二の叫びを耳にする者がいた。

「ふむ……貴様の贄《にえ》もどうやら覚醒《かくせい》したというわけか、魔神勇二よ」

勇二の身体に、闘気が反射的にみなぎる。闘いも始まらないうちから彼にそうさせる人物は、鴉丸羅喉以外にはいない。

「贄？　覚醒？　鴉丸、お前はまゆの背中に現れたあの痣《あざ》について……あの異変について何か知ってるのか？　知ってるなら教えろ、鴉丸！」

「ふっ……それが人にものを尋ねる態度とは、しばらく見ないうちに随分と行儀が悪くなったものだな、魔神勇二。負け犬の遠吠《とおぼ》えだとしても、みっともないことこの上ない」

勇二は鴉丸の嘲《あざけ》りにもぐっと耐える。消えたまゆのことを思えば、たとえ鴉丸の足元に這《は》いつくばって土下座するような目にあっても、情報を得たい気持ちだった。

「まあいい。教えてやろう。貴様が事実を知った時、無様にうろたえる姿を見るのも一興だからな」

鴉丸の話の内容は、確かに勇二をうろたえさせるものであり、まゆにとっては残酷な運命を意味していた。

まゆの背中に生まれた逆十字の痣は、同じ形の刻印を持つ者、勇二へ捧《ささ》げられる贄、その証《あか》しであった。贄の使命は、他者の生命力を吸収し続けその全てを自身の命と共に刻印を持つ者に受け渡すことにある。刻印の力を増大させる、ただそれだけのために。

そして、贄に選ばれるのは刻印の力を持つ者と最も絆《きずな》の深き存在……勇二にとって、それがまゆだったわけだ。

「う、嘘《うそ》だ……嘘を言うな、鴉丸！　第一、何故《なぜ》、お前にそんなことが分かる！」

まゆの身に起きた残酷な事実を否定したい勇二はそのように食ってかかったが、鴉丸ははっきりとした証拠を見せる。自らの左腕にある逆十字の刻印を勇二の前に示すことで。

「そ、そんな……俺と同じ刻印だと……！　では、お前も『破滅をもたらす者』なのか？」

「ふん！　その名は貴様に付けられたものだろうが。それに、俺は刻印の力にただ踊らされていたわけではない。何しろ俺がこの刻印を手に入れたのは三年も前のことだからな」

鴉丸の目が勇二を飛び越え、どこか遠くを見つめる。

「そう……俺はこの三年間、強者たちを求めて世界中をさまよった。刻印の力を借りずにどこまで闘えるか……そして、もう一人の刻印を持つ者を見つけるために……」

強者たちとの闘いの数々を思い出したのだろう、鴉丸がぐっと拳《こぶし》を握りしめた。それと共に彼の左腕の刻印が青白い炎を纏《まと》う。そして、共鳴して勇二の右腕の刻印まで真っ赤な炎を宿した。

「その途中だ。貴様の後輩の父親、仁藤流柔術の継承者と野試合をしたのはな。それに、もう一つの刻印の持ち主は貴様の兄、魔神勇一であってほしいと思っていた。だが、その望みも奴《やつ》の失踪《しっそう》で絶たれ、そして……」

「俺に至った……というわけか」

再び鴉丸の視線は勇二に注がれ、両者の気がぶつかることで空気がピリピリと震える。

「貴様は知らないようだから、これも教えてやろう。刻印の力を持つ者は、この世界に千年周期で必ず二人現れる。闘って、互いを滅し合うためにな」

「滅し合うために、だと？」

「そうだ。あの娘が贄となれば、ようやく貴様もこの俺と対等に闘うことのできる、その高みに到達するというわけだな。喜べ、魔神勇二」

「ふざけるなぁっ！　ということは、お前は誰か大切な者の命を犠牲にして……そんなことをして、お前は何も後悔しなかったとでもいうのか！」

ピクリと眉《まゆ》をひそめた鴉丸は、拳を一閃させて勇二の身体を吹っ飛ばした。

「貴様には関係ない……そして、今、見せたこれが現実だ。貴様と俺との間にある、歴然とした力の差がな。それを埋めるのがあの贄の存在だということを忘れるな！」

「鴉丸、お前こそ忘れるな！　俺はそんなことのために、まゆを犠牲にはしない！」

鴉丸は一瞬見せた感情の起伏をいつもの不敵な笑みに戻し、勇二に背を向けた。

その去っていく背中に向かって、もう一度勇二は宣言する。

「お前のようなことは、絶対にするものか！」

そうせずにいられないほど、鴉丸の話に勇二の心はかき乱されていた。

初対面でも鴉丸には同様に叩きのめされ、その時はどうしてここまで差があるのか分からずに勇二は悩んだ。

そして皮肉にも今は、その差を埋めるための贄という存在が勇二を悩ませていたのだ。

☆　　☆　　☆

その日から、姿を消したまゆを追い続ける勇二の日々が始まった。

だが、頼みの綱である刻印の共鳴を使った探索方法が、今回はまるで利かなかった。

「仮説に過ぎないが……おそらく贄としてのまゆの意識が俺に邪魔をされないよう、必要な時以外は力を抑えているのだろうな。くそっ……」

勇二が手をこまねいているうちに、N市で謎《なぞ》の怪事件が連続して起きる。

目立った外傷もなく持病もない人物が、激しく衰弱した状態で夜の路上に倒れているという事件だ。被害者の症状から、吸血鬼ならぬ『吸精鬼』などという名称がワイドショー等を騒がす事件の犯人こそ、まゆに違いなかった。

その状況を止められないことに歯噛みする勇二だったが、多少救いはあった。

それは、事件の被害者たちがまゆの両親のように怪我《けが》を負うこともなく、命に別状がなかったからだ。

「そうさせたのも、まゆに違いない。今でもまゆは人の命を奪わぬよう、必死に刻印の贄の意識と闘ってるんだ……まゆ……」

勇二は、まゆの心の強さに目頭が熱くなる。

だからこそ、一刻も早くまゆを見つけなければと強く願う勇二だった。

☆　☆　☆

まゆを救うためには、彼女の行方を追っているだけでは不充分だ。

要するに、まゆを贄の呪縛《じゅばく》から解く方法を勇二は見つけなければならない。

勇二は悔しいだろうが、それに関しての手がかりは鴉丸から得た情報にあった。

「千年周期で刻印の力を持つ者が二人現れて闘い合う……奴はそう言っていた。千年前といえば、麗蘭の先祖と『過去の怨念《おんねん》』……そして二千年前といえば、萌木と阿眞女……これが偶然だとはとても思えないが」

勇二は麗蘭と萌木に話を聞く必要を感じて、鏡守神社で二人と待ち合わせをする。

これが初対面となる麗蘭と萌木、性格的には正反対とも思える二人だったが……。

「ほぉ、なかなかに美味だな。このよもぎ餅《もち》とやらは」

「モグモグ……ありがとうございます。麗蘭さんも二口で食べてよもぎの香りを楽しむところは、なかなかの通です。無粋な勇二さまと違って」

「ふっ……あの者はそうであろうな。それはともかく、よもぎと一緒に黒胡麻《くろごま》を練りこんでみてはどうかな。そして、餡の方には白胡麻を混ぜて……」

「……申し訳ありませんが、私はそのぉ……食べる方が専門でして」

「そうか。実は……妾《わらわ》もだ」

よもぎ餅談義で妙に盛り上がっている麗蘭と萌木に、勇二は多少圧倒される。

勇二は失念していたが、麗蘭も萌木も彼が袖《そで》にした相手である。その隠された事実を互いに察して共感し、一種の同盟状態だとしたら少し恐ろしいが。

ともかく二人の会話に割って入って、勇二が刻印について鴉丸から聞いた情報を振ってみると、萌木も麗蘭もあっさり自分たちとの関連性を認めた。

「……その通りです。千年の時を経て、滅びの力ともいえる刻印の力が二つ、この世には現れます。それがなんのためかは分かりませんが……そう、二千年前は私と母さまでした」

「ということは、萌木にも俺のように身体のどこかに刻印が……？」

「はい。形は違いましたし、最初に母さまを封じた時、刻印は消えてしまいましたが」

そして、麗蘭も自分の知りうることを明かす。

「妾の白き翼に宿った記憶を辿《たど》ると、鈴家の初代がやはりそうであったらしい。刻印を持っていたもう一人の者は、そなたも知る、あの老婆だ」

「そういえば……麗蘭と魂を同化させたあの時、『過去の怨念』が俺の刻印の力を見て驚いていたようだったが、そういうことだったのか」

「妾の継承した白き翼も、あの老婆の黒き翼も、もともとは刻印として刻まれていたものを、具現化した影のような存在に過ぎぬ。だからであろうな、真に目覚めた刻印の力には妾の白き翼の力も敵《かな》わぬようだ」

その麗蘭の言葉の中に存在する『真に目覚めた刻印の力』に関《かか》わる問題、勇二が求める贄のことについても、二人は知っていた。

萌木と阿眞女の場合は、彼女たちにとっての最も絆の深き者、贄となる存在が幸か不幸か双方同士であったため、それは起こりようがなかったという。

鈴家の初代当主となる白き翼の女と、後に『過去の怨念』と化す黒き翼の女の場合は、前者が先に最も絆の深き者、愛する我が子を贄とすることで真の力の目覚めを導き、後者を封印したという話だった。

自嘲的《じちょうてき》な笑みを添えて、麗蘭は付け加える。

「我が子を手にかけた畜生にも劣る行為……その報いなのだろうな。鈴家が暗殺という業の深い世界に手を染めるようになったのも」

しかし、肝心な部分、勇二が最も知りたいこと、まゆが贄となるのを防ぐ手立ては残念ながら萌木にも麗蘭にも分からなかった。いや、二人の知る限りでは、背中に贄の証しが浮かんでしまっては『避けられない』というのが結論だったのだろう。

「……そうか。二人が今まで俺にそのことを話さなかったわけが分かったよ。贄を生み出さないようにする策は、人との絆を断つ以外に方法がない。そして、他人はどうか知らないが、少なくとも俺にはそんなことは無理だったよ」

気遣いどころか、二人とも勇二に愛を告白していたのだ。勇一以外の家族を失っていた勇二にとって、それは自分たちが贄となる危険性を孕《はら》む行為だ。ある意味、萌木も麗蘭もあえて自らを犠牲にしようという意識が勇二への愛とは別にあったのかもしれない。

「すまなかったな、いやなことを聞いて。萌木の言い草ではないが、あとは俺の闘いだ。そして……ありがとう」

勇二は二人に向かって深々と一礼して、鏡守神社を後にした。

その姿を見送るしかない、境内に残された二人は、しみじみと言葉をかわす。

「……今まで刻印の力を持つ者はみな女性の方ばかりでしたのに、このたびはどうして勇二さまたちなのでしょう」

「何か理由があるのかもしれぬな。千年前の妾と二千年前のそなた、二つの因縁が勇二の力によって決着に至ったのを見ても」

「勇二さまなら、贄のこともどうにかしてしまう……私はそんな気がします」

「そうだな。理由はないが、妾も何故かそう思うぞ」

萌木と麗蘭は顔を見合わせ、ほぼ同時に微笑んだ。

想いは叶《かな》わなかったが、自分の愛した者を信じて。

☆　☆　☆

その後、勇二がまゆの居場所を見つけることができたのは、来夢の活躍が大だった。

以前に渡米断念の連絡が遅れたこともあって、「来夢と勇二お兄ちゃんのホットラインよ」と来夢に無理やり渡されたケータイの緊急コールで、勇二が彼女の家に呼び出されたのがまずは始まりだ。

「どうした、来夢！　何かあったのか？」

「あっ、勇二お兄ちゃん♪　さっすが早いね。来夢がピンチになった時にもこのくらいのスピードで来てね」

「えっ……？　来夢、悪いが、今は遊んでる暇は……」

まゆの件で焦りもあり、少しムッとしてしまう勇二に、来夢は「はいっ♪」と何やら掌《てのひら》サイズのメカを渡す。

「萌木さんに聞いたんだけどぉ……勇二お兄ちゃん、まゆさんのこと捜してるんでしょ？」

「実はそうなんだが……それとこの機械は何か関係あるのか？」

「そこに点滅してる赤い点があるでしょ。そこにまゆさんがいるはずよ。こんなこともあろうかと思って、まゆさんのカチューシャに超小型の発信機をセットしておいたの」

「本当か！　ん？　こんなこともあろうかって……？」

「えっ？　その、えっと……もう、そんなことはどうでもいいじゃない、勇二お兄ちゃん」

来夢の動機には何やら不純なものが感じられる。

つまり、大好きな『勇二お兄ちゃん』に近付く女への監視というかチェックというか、そういった類《たぐい》の怪しさである。

「そうだな。まあ、いいか。ありがとう、来夢」

そうお礼を述べると、勇二はすぐに来夢の家を飛び出していった。

「あ〜あ、勇二お兄ちゃんったら、あんなに一生懸命になっちゃってさ……」

来夢の横でふわふわと浮かぶピンクの物体、Ｒ３式ロボイド『さんちゃん』も「にゅにゅう！」と声を上げる。

「ん？　さんちゃんもそう思う？　そうだよね、ちょっと羨《うらや》ましいよねぇ」

ちょっぴり胸が切なくなった来夢は、さんちゃんを引き寄せて誰かの代理としてぎゅっと抱きしめた。

☆　☆　☆

勇二は走る！　来夢からもらったメカが指し示す、まゆの居場所に向かって。

そして、気付く。まゆがゆっくりとある場所を目指していることに。

「神代総合病院……そういうことか！　あそこにはまだまゆのおじさんとおばさんが入院している。贄としての意識がまゆの抵抗を邪魔に思っているとしたら……それを完全に絶つために、まゆのその手で愛する両親を……！」

勇二の不安を裏付けるように、彼が病院に近付くにつれて空気そのものがざわつき始め凄《すさ》まじい気の塊の出現を感じさせる。

焦る勇二の脳裏に、まゆが姿を消す前に残した言葉が蘇《よみがえ》る。

『お願い……私が私の大事な人たちを傷付ける前に……私を止めて……』

そのことが若干、勇二の走る速度を鈍らせる。

「大事な人たち……もしも、まゆが愛する両親を手にかけてしまったら……贄の運命からまゆを救うにはその命を絶つしか方法がないのだとしたら……」

どうするか結論の出ないまま、病院の前まで辿りついた勇二は、そこで幽鬼の如《ごと》く佇《たたず》むまゆを見つけた。

「まゆ！　俺の声が聞こえるか？　返事をしてくれっ！」

まゆはその瞳に勇二の姿を映しても、なんの反応も示さない。

「ちからを……」

それは、まゆのものではなく、贄の意識としての言葉だった。彼女は、周囲の生ある気を貪欲《どんよく》に吸収し始める。刻印の所有者、勇二だけは影響は皆無だったが、その他《ほか》のもの、例えば病院の庭に植えられている木々までもが生気を奪われて葉を落としている。

ゆっくりと病院へ、両親がいる場所に近付いていくまゆの前に回ってその進路を阻もうとする勇二だったが、不可視の壁がそこに立ちはだかる。

「くそっ、こうなったら……刻印の贄よ、俺の話を聞けっ！　さもないと、刻印のあるこの右腕を叩き落とす！」

決してハッタリではない勇二の言葉に、まゆの足は止まった。

「……それはいみのないこと……そんなことをしても、このむすめはすくわれない……」

若干の沈黙の後、贄に続いて本来のまゆの言葉が発せられる。

「勇二くん……駄目なの……私の身体はもう贄として完全に覚醒してしまった……だから、私が貴方《あなた》を守る力をあげる……」

「なっ……！　まゆ、お前、何を言ってるんだ……」

「贄さんが教えてくれたの……私が贄として力を捧げないと、勇二くんが死んじゃうんだって……そんなのいやだから……だから……」

「馬鹿野郎《ばかやろう》！！！」

勇二の怒号が鳴り響いた。

「えっ……？」

「分からないのか、まゆ？　お前がいなくなったら……俺はなんのために闘う。なんのために生きろっていうんだ！　守りたい者、愛する者がいないのに……力だけを手に入れてもなんの意味もない！」

「勇二くん……私……ああっ……あああああっ！！！」

まゆが叫んだ。それは、彼女の中で、刻印の贄としての意識と本来の意識の闘いが始まったことを意味していた。

「きえなさい……こくいんをもつものをつよくするためには、あなたはじゃま……」

「いや……いやっ！　私、消えたくないっ！」

「こくいんをもつもののこころはつよい……あなたがいなくても、いきていける……」

「そうかもしれない。それでも、私が勇二くんと一緒にいたいの……愛する人と一緒に生きていきたい……ただ、それだけなのっ！」

まゆと贄の意識が交互に現れては消える。そんな攻防が少しの間続いたが、次第に本来のまゆの意識が弱くなっていく。

「やっぱり駄目……勇二くん、お願い……今ならまだ、お父さんとお母さんを……だから今のうちに……勇二くんの手で私を……」

(今ここで無理に俺の力でまゆを抑えつけても、又すぐに贄として活動を始めてしまうだろう。ならば、まゆの願いを聞いて俺が……俺の哀しみよりも、まゆの哀しみを止めてやるために……いや、それならばいっそ俺もまゆと共に……）

まゆの苦しむ姿を見かねて、勇二が最悪だがそれしかない決断をしかけた時……そう、この時こそが真にあの男が登場せねばならない瞬間であった。

漆黒のマントを翻し、三日月をバックに従えてその男が飛来する。そして……。

バキィイイイイッ！！！

「愚かなる考えに囚《とら》われるな、勇二！　絆を信じよ。真の漢《おとこ》なら、絶望という暗闇《くらやみ》の中にこそ、光明を見出《みいだ》すものだ。その手で掴《つか》むのだ、希望と呼ぶ光を！」

拳と共に叩きつけられたタイガージョーの言葉は、具体的な方策を何一つ告げるものではなかった。思えば、今までも大抵はそうだった。

そう、タイガージョーは単に説教やアドバイスをしているわけではない。

常に、勇二に対しては魂をぶつけてきていたのだ！

この時、勇二もそれをしっかりと受け取った！

「……そうだよな。危うく血迷うところだったよ、タイガージョー……そうさ。俺の為《な》すべきことは、ただ一つ！　うおおおおおっ！！！」

勇二の咆哮《ほうこう》に、彼とまゆの間を阻んでいた不可視の壁が一瞬にして砕け散った。

そして、勇二はもう離さぬとばかりに、まゆをその腕にしっかりと抱きしめる。

「まゆ……俺の愛するまゆ……聞こえるか？」

「うん……聞こえて……いるよ……勇二……くん……」

「俺は今から危険な賭《か》けに出る。その結果、もしかしたら俺もお前も共に消えてしまうかもしれない。だが、これは共に生きるための賭けなんだ」

「うん……分かった。信じてる、勇二君のこと……」

贇の意識に支配されながらも、まゆは抱きしめてくる勇二の背中に手を回す。

「刻印の贇よ……聞いているか？」

「……こくいんをもつものはうけいれるしかない、ちからを……ちからをきょひするのはいみのないこと……とても、おろかなこと……」

「愚かで結構。そして……受け入れるのはお前の方だ！」

「えっ……わたしがなにをうけいれる……？」

贇であるまゆの言葉に、初めて動揺という感情らしきものが見え隠れする。

「今から俺は刻印の力を暴走させる。全てを終わらせるつもりで。それがいやなら……贇よ、俺を受け入れろ。まゆの心を受け入れろ！」

「なぜ……？　わたしはあなたのためにちからを……それなのに……なぜ……？」

「力なら、まゆからは今までにだって沢山もらっている。まゆを守りたいと思うだけで、俺の中には力が無限に溢《あふ》れてくるんだ！」

「でも……わたしは……こくいんの……さだめられた……きずなのふかきものを……」

「もういいんだ！　誰が決めたかは知らんが、もともと間違っているんだ。絆の深い者を犠牲にして力を得ようなんていう、こんな方法が！」

勇二は、まゆの背中に回していた右腕に力を集中させていく。二つの逆十字の刻印は相互に反応を見せ、不規則な発光を繰り返す。

「俺はもう誰も犠牲にしない。それは、贄であるお前だってそうだ。お前も俺の愛するまゆの一部には変わりないんだ。だから……忘れてしまえ、刻印の贄の使命なんてものは！　そんな馬鹿馬鹿しいものに踊らされるな！」

「わたしもまゆのいちぶ……？　わたしは、こくいんのにえ……わたしは……」

「さあ、ゆくぞ、刻印の運命とやらよ。俺とお前、どっちが強いか勝負だぁぁぁ！！！」

宣戦布告と同時に、勇二は刻印の力をオーバーロードへと導いた！

その途端、全てが消滅するほどの目映い光が、凄まじい爆発音が、辺りを包み込んだ！

「こ、これは……まさに、ビッグバン！　宇宙の創造にも似た……」

見守るタイガージョーは感嘆の声を上げるしかなかった。そして……。

…………

静寂は、何かが終わったことをその場にいる者たちに報《しら》せる。

「んん……まゆ？　俺たちは……」

「勇二くん……私……生きてる！　勇二くんも！」

勇二とまゆ、二人の無事な姿がそこにあった。

そして、まゆの背中から逆十字の贄の証しも消えていた。

「私、聞いたよ……もう一人の私の声を。彼女が最後に言ったの……守りたいって、勇二くんのことを」

「そうか……受け入れてくれたんだ。一緒に運命と闘ってくれたんだな」

「うん……贄である力を自分自身に使って……きっと今、彼女は私の中に眠っているよ。だって、彼女も勇二くんのことを愛してるんだもん。側《そば》にいたいって思ってるはずだもん」

「ああ……そうだな」

勇二とまゆは改めて抱きしめ合う。今、ここにある幸せを確かめるために。

その二人を見つめ、全てを見届けたタイガージョーは呟《つぶや》いた。

「刻印の力を持つ者同士の闘い……その鍵《かぎ》を握る贄の力を、結果的に勇二は完全な形では手に入れられなかったか……いや、これでいいのだ。これで！」

第十一話　決戦迫る！　勇二VSタイガージョー

N市某所。

少し前は名立たる暗殺者たちがずらりと揃《そろ》っていたその場所も、『破滅をもたらす者』一人のために今や見る影もなくなっていた。

しかし、ルワイル・ルワイン、『組織』から暗殺者を束ねるリーダーとして選ばれた彼は、その現状に落胆も憤りも感じていない。むしろ満足していた。

「……邪魔するぞ」

そう言ってルワイルのもとを訪れたのは、麗蘭だ。

「おや、意外だね。今更、なんの用があるのかな、勝手に任務を放棄した君が」

「そなたに答えを聞きに来た。以前に妾《わらわ》が尋ねた問いかけへの真なる解答をな」

「な〜んだ。てっきり君は『破滅をもたらす者』の代わりに、この僕を倒しに来たんだと思ってたんだけど。美しき女暗殺者が愛する男のために依頼者を裏切り、そして……なんて展開は陳腐だけどね」

揶揄《やゆ》するルワイルに対して、麗蘭はぬけぬけと言った。

「妾が魔神勇二を愛《いと》しく思っているのを否定はしない。だが、そなたと命のやり取りをするつもりも毛頭ない。それに、そなたの方こそ依頼を実行しなかった妾に刺客を差し向けてくるかと思っていたが、どうした？」

「裏切り者には死を、ってかい？　それは陳腐を超えて滑稽《こっけい》の域だよ。クックックッ……」

腕の立つ者が見れば分かったであろう、普通に会話をしているようでいて、ルワイルと麗蘭の間に全く隙《すき》が見られないことを。

「正直、君に構ってるどころじゃなくてね。君が任務を放棄したのがきっかけ、李飛孔が破れたのが引き金だったな。ほとんどの暗殺者たちが『破滅をもたらす者』に恐れをなして逃げちゃったよ。まあ、『怖い』とは言えないから、いろいろと言い訳をしてたけど」

「それは妾の耳にも入っている。だからこそ、そなたの解答を聞きに来たのだ、ルワイル」

先程から麗蘭が口にしている『解答』とは、彼女がルワイルから勇二の抹殺を依頼された際に尋ねた質問、「何故《なぜ》、ルワイル自身が『破滅をもたらす者』を抹殺しないのか」に対するものだ。

「ふっ……君も大体分かっているだろうに。そう、僕は魔神勇二を意識して殺さずにいたのさ。まずは、彼に憎しみの芽を植えつけるためにその家族の惨殺を命令した。そして、『J』と呼ばれる魔神勇二の協力者となった『組織』の裏切り者もワザと見逃し……」

「何故、そのようなことを……やはり、そなたにはそれもゲーム、お遊びなのか？」

「いや、違うね」

少年の姿をしていても口調以外はその雰囲気を微塵《みじん》も感じさせないルワイルが、初めて夢見るような瞳《ひとみ》をしてみせる。

「全ては僕の計画に沿ってのこと……魔神勇二を真の『破滅をもたらす者』へと覚醒《かくせい》させ、

僕たちにとっての救世主になってもらうためのね」

「救世主？　そなたの口からそのような言葉を聞くとは思っていなかったぞ。それにしても、この世を滅ぼすものが救世主とは……ルワイルよ、宗教にでもかぶれたか？」

ルワイルはその質問を嘲笑《ちょうしょう》でいなし、逆に問いかける。

「ところで、鈴麗蘭。魔神勇二の現在の力はどのくらいなのかな？　君が倒すか、あるいは倒されるか、してくれたら、こうして聞くまでもなかったんだけど」

「ふっ、そなたの『賢者の目』でも分からぬか……ルワイル、それが答えだ。勇二の力は底が知れぬ。闘うごとに何かを学び成長する、それが勇二に与えられた天賦の才だな」

これ以上はルワイルも手の内を明かすまいと、麗蘭は彼の前から立ち去ろうとする。

「もう一つ質問をいいかな、鈴麗蘭。君はこれからどうするつもりかな？」

にべもなく麗蘭はたった一言答えた。「贖罪《しょくざい》……」と。

「贖罪ねぇ……そんなことが可能なのかなぁ。特に、君の罪とは人を殺《あや》めたことなんだろ？　自殺？　官憲に自首？　遺族に謝罪？　くくっ……どれもお笑い種《ぐさ》だね」

「……妾にもその方法はまだ見つからぬ。だからといって、それができぬとも妾は思っておらぬ。決して諦《あきら》めず足掻《あが》き続けることを、妾は勇二に学んだからな」

今まで麗蘭の唯我独尊の傲岸不遜《ごうがんふそん》な態度を少しも気にとめていなかったルワイルも、この自信に満ち溢《あふ》れた言葉だけは、何故か許せなく思えた。

「ふん……まあ、いいさ。僕は、彼が僕たちのための救世主かどうかを確かめるだけだ」

麗蘭が去った後、ルワイルはまるで誰《だれ》かに言い訳をするように呟《つぶや》きを続ける。

「さて、『破滅をもたらす者』は次の試練をどう切り抜けるのかな。もうじき君の街に向かって、人の創《つく》りし死神が鎌《かま》を振り下ろそうとしているよ……」

☆　☆　☆

その頃《ころ》……『破滅をもたらす者』、勇二は思索の中にいた。

「鴉丸羅喉……あの男の好敵手だった男……閃真流神応派挌闘術の実力者……そして、俺《おれ》と同様に刻印を持つ者……か」

刻印を持つ者同士が闘う運命にあるのは、萌木や麗蘭の例を見ても明らかだった。

しかし、だからこそ勇二はそこに疑念を覚える。萌木と阿眞女の母と子が闘わねばならなかった悲劇を、鈴家が暗殺者の一族と成り果てた顛末《てんまつ》を知れば、どちらの闘いも無益なものだと勇二が思ってしまうのも無理はない。

鴉丸との闘い、それは運命である……そう決めつけられてしまうと尚更《なおさら》、あの惨劇の日以来ずっと刻印の運命に弄《もてあそ》ばれてきた勇二としては、反発が生まれる。

「……前はこうじゃなかったな。鴉丸ほどの強者が相手なら、強くなるためだと闘うことに少しも躊躇《ためら》いはなかったはずだ。なのに、今の俺は……」

鴉丸との闘いにおいて、勇二は敗北やその結果として訪れるかもしれない死に恐怖しているのではない。

恐れているのは、刻印を持つ者同士の闘いが引き起こす、先にも挙げた『悲劇』だ。

勇二には今、愛する者がいる。他《ほか》にも、守るべき者が数多くいる。

それらを枷《かせ》とは思わないが、絶対に『破滅をもたらす者』にはなりたくないと勇二は強く思っていた。

極論を言えば、勇二は鴉丸と闘う意味を見出《みいだ》せていなかったというところか。

そんな勇二の思惑に反して、一つの危機が彼の住むN市に訪れようとしていた。

それを勇二は来夢からの緊急コールで知る。

『……あっ、勇二お兄ちゃん、大変なの。もうすぐこの街に向かって核ミサイルが……！』

来夢のその急報には、前提となる事実が存在した。

それは、宇宙の彼方《かなた》から飛来する未知のエネルギー生命体『破滅を招くもの』が、遂《つい》に火星を破壊したことに端を発する。

各国首脳、そして『組織』の手により情報統制は為《な》されていたが、この事態に対して某国が独自の、それも過激な反応に出た。某国がこの時代にしては珍しい完全なる独裁国家だっただけに即断即決、N市に向けて核兵器を発射させるという暴挙に出たのだった。

『つまり、この街ごと勇二お兄ちゃんを核の炎で葬り去るつもりなわけで……』

「馬鹿《ばか》な……俺一人を消すためにそんな……正気とは思えん！」

『大を守るために小を切り捨てる……哀《かな》しいことだけど、人類が過去から幾度となく繰り返してきた当たり前の選択よ、勇二お兄ちゃん』

勇二に心を開く前のような来夢のシニカルなコメントだったが、彼女もそんなことを言うために連絡してきたわけではない。勇二に何かを期待してのことだ。

「……分かった、来夢。俺に可能かどうかは分からないが……祈っていてくれ」

勇二はケータイを切ると、今いる山小屋を離れ、山の頂上へと急いだ。途中で右腕の刻印を見ると、それは核ミサイルの襲来を察知してか、淡く輝いていた。

「俺にできるのか、核ミサイルの破壊などということが……いや、やるしかないっ！」

勇二は走りながら天を仰いだ。刻印に念じてみると、目には見えないが確かに空の彼方から何かが接近してくる気配が感じられた。

「言わば、核兵器も人類が造りし、『破滅をもたらすもの』だろう。ならば……！」

山の頂きに辿《たど》りついた勇二は、乱れた息を整え、刻印のある右腕に力を込める。

「その破滅を俺が……『破滅をもたらす者』と呼ばれた俺が打ち砕いてみせよう……閃真流人応派奥義……飛翔竜極波《ひしょうりゅうきょくは》ぁぁぁ！！！」

照準を核ミサイルの先端に合わせて、勇二は奥義を放った。

ガシィィイイッ！！！

勇二の一撃に押されて、核ミサイルの速度が落ちた。

「ぬうっ！　ぬおおおっ！　よしっ、もう一撃、いや、ミサイルを宇宙の果てに叩《たた》き出すまで何度でも……！」

だが、突然、ミサイルの推進力が増大し、勇二の次の一撃が間に合わない。

「なにくそぉぉぉっ！」

気合だけではどうにもならない。遂に、核ミサイルが肉眼でもはっきり確認できるほど地上に迫る。

その時だった！

「ふっ……閃真流神応派奥義……天陣神舞！！！」

勇二のものとは段違いの破壊力を持つ一撃が、核ミサイルを跡形もなく消滅させた。

「ふん……詰めが甘いな。いくら核ミサイルといえど、攻撃してこない相手にそのざまとはな、魔神勇二」

核ミサイルの進行を一度は阻んだ、勇二。それだけでも驚天動地の出来事だ。

だが、その勇二を未熟者呼ばわりするだけの権利、核ミサイル破壊という力を見せつけたのは、鴉丸だった。

「鴉丸、お前が何故……いや、今回ばかりは助かった。礼を言わ……」

バキィィィィイッ！！！

問答無用で、鴉丸は勇二に一撃をくらわせた。

勇二の身体《からだ》は、一気に山の頂上からその中腹にある修行場まで落とされた。咄嗟《とっさ》に奥義『地竜鳴動撃』を地面に向かって放ち、ショックを和らげなければ、如何《いか》に勇二でも無事ではすまなかったはずだ。

「うぐっ……な、何をする、鴉丸！」

勇二の後を追って修行場へと降りてきた鴉丸は、唇の端を歪《ゆが》めて言った。

「何をする、とはお笑いだな。俺と貴様が会う時は闘いしかあるまい。先の一撃もあの場所では狭すぎて充分に力が揮《ふる》えまいという、俺の親切心だ」

「勝手なことをほざくなっ！　いつもお前はそうやって俺を……」

「安心しろ。今日は本当に貴様の命を貰《もら》いに来た。『奴《やつ》』が来るまでにはまだ時間はあるが、あの核ミサイルの如《ごと》き邪魔に入られては困るのでな」

鴉丸が闘気を纏《まと》い、構えを取る。しかし、勇二はそれを受けて構えを見せない。

「鴉丸、お前は何故俺を倒そうとする？　刻印を持つ者同士の運命だから……なのか？それとも他に何か別の……俺の知らない理由があるのか？　答えろ、鴉丸！」

「魔神勇二よ……まるで貴様には闘う意志がないような言い草だな。いいだろう。それでは、貴様に闘う理由を作ってやる」

少し言葉をかわしただけで、勇二の迷いをズバリと見抜いてしまう鴉丸だった。

「貴様を倒してしまえば、俺と闘える者はもうこの世界には皆無だ。つまり、俺にとってこの世界は必要なくなる。ならば……俺が世界に破滅でも、もたらしてやるとしよう」

「ふざけたことを……！」

核ミサイルを一瞬で消滅させた鴉丸の力を見れば、誇大妄想ともいえる世界破滅宣言もあながち『ふざけたこと』とは言えない。勇二にもそれが分かっていたので、今度は鴉丸の思惑通り、自然に闘うための構えを取っていた。

「くくくっ……どうやら、やる気にはなったようだな。では……！」

「くっ……闘うしかないのか……はあぁぁぁぁっ！」

鴉丸の拳《けん》と勇二の蹴《け》りが交錯し、両者が激突する。

共に攻撃は決まらず、それでも繰り出す拳や蹴りは止まらない。さすがに初対面の時のような一方的な形にならないと予感させる展開だったが……。

「ふっ……話にならぬな」

鴉丸はそう言って、自ら構えを解いた。

「鴉丸……どういうつもりだ！」

「やはり、貴様はその甘さゆえに贄《にえ》の力を充分に取り込めなかったか。その上、攻めに迷いがある……もはや、貴様のような未熟者と闘うのは飽きた。死ぬがいい、魔神勇二……閃真流神応派奥義……天陣神舞……」

「そこまでぇぇぇぇっ！！！」

第十一話　決戦迫る！　勇二VSタイガージョー

核ミサイルを葬り去った鴉丸の奥義が勇二に放たれようとした寸前、激しい稲光の如き声を伴って、両者の間に乱入する者があった。

「その結論は早計というものだ。鴉丸羅喉よ！」

一歩間違えば自らが奥義をくらう危険、そんなことはものともしない度胸の持ち主、タイガージョーの登場に、鴉丸は笑みを浮かべる。

「ふっ……虎頭《とらあたま》か。そろそろ現れる頃だとは思っていたぞ」

「タイガージョー、構うな！　鴉丸はこの俺が……うっ、身体が……？」

勇二は身動きが取れなくなっていた。原因は、登場と同時にタイガージョーが放った閃真流人応派奥義の一つ、相手の自由を奪う『封陣縛止《ふうじんばくし》』のせいだった。

「くっ……ま、待て……タイガージョー……奴の相手は……」

「今のお前が勝てると思うか！　勇気と無謀を履き違えるな！」

「ほぉ……では、貴様は履き違えていないということかな」

完全に標的を勇二からタイガージョーに変えた鴉丸の顔が、闘いの高揚感に嬉々《きき》とする。

「それとも……麗しき師弟愛かな。いや、どちらかというと、もっと絆《きずな》の深い……まあ、いいだろう。三年前の借りを返すためにも、刻印の力抜きで闘ってやる」

「驕《おご》れる者は久しからず……私からはこの言葉を贈らせてもらおう」

鴉丸とタイガージョーの闘い、それは二人が同時に蹴りを放った場面から始まった。

ガシィィィィッ！

両者とも相手には決まらず、すぐさま次の攻撃へ移る。

「はっ！！！」

「ふっ！！！」

鋭い二つの呼気。それに相応《ふさわ》しい拳が、縦横無尽に繰り出される。その常人では見ることの適《かな》わぬ速度は、空気を鋭く切り裂く音を幾重にも重ねた。時折、そこに混ざる鈍い音は、拳が相手の身体に入ったものなのだろう。

バキィィィィィッ！

タイガージョーの拳《こぶし》が鴉丸の顔面を完璧《かんぺき》に捉《とら》えた！

「くくっ……今のはよかったぞ。それでこそ、初めて俺の膝《ひざ》を地につかせた男の拳だ」

鴉丸の満足げな笑みは、たとえ相手の攻撃といえども見事なものには賞賛を贈りたくなる、格闘家なら理解できる種類の喜びだ。それは、勇二にタイガージョーへの嫉妬《しっと》に近い感情を覚えさせた。自分は鴉丸にそんな笑みを浮かべさせることはできなかった、と。

「虎頭……いや、タイガージョーよ。貴様は知っているか？　俺たちが会得しているこの閃真流格闘術が、実は刻印の力を持つ者に対抗して編み出されたという説があるのを。真にそうだとしたら、なんとも皮肉なことではないか。そうは思わんか？」

「思わん！　発祥の理由などはどうでもよい。要は、それを使う者の心にある！」

「その言いよう、気に入らぬ……気に入らぬな、やはり貴様という男は！」

そう言って、鴉丸は掌底をタイガージョーの顎《あご》めがけて打つ！

それは寸前でかわされた。が、かわしたその先には……。

ドスゥゥゥゥッ！

鴉丸の回し蹴りが待っていて、それがタイガージョーの首筋に命中した。

「人を生かすための拳とほざく閃真流人応派……それが最も気に入らぬわっ！」

「では、その技を受けてみるがいいっ！」

二人の足が地を蹴った。宙を舞う中、タイガージョーのマントが翻った次の瞬間、鴉丸の身体が地面に落ちた。その横に、タイガージョーが音を立てずに舞い降りる。

しかし、タイガージョーの次の攻撃は行われなかった……いや、行えなかったのだ。

カポエラに似た技、頭部を軸として鴉丸が蹴りを放ちつつ、体勢を立て直したことで。

「たぎるぞ……武道家としての血が！　やはり、闘いとはこうでなくては……！」

血がたぎっていたのは、見ているだけの勇二も同様だった。二人の放つ闘気に身体も反応して、『封陣縛止』もいつしか解けていた。

（だが……この闘いに割って入ることはできない。絶対に……！）

勇二がそう感じ、思わず見惚《みほ》れてしまうほどの鴉丸とタイガージョーの闘いは、次の段階へと移行する。

「はぁぁぁぁぁぁっ！」

鴉丸が髪を逆立て、気を溜《た》める。その凄《すさ》まじさは周囲のものまで巻き込み、鴉丸の身体を中心にして渦が発生しているようにも見える。

「来るか……ならば、こちらも……はぁぁぁぁぁぁっ！」

タイガージョーも少し遅れて気を溜め始める。

ここまで見たところ、両者の格闘技の実力はほぼ互角と思われる。

決め手は、人応派、神応派それぞれの奥義に懸けられた。

「閃真流神応派奥義……飛翔天極破！！！」

「閃真流人応派奥義……飛翔竜極破！！！」

二つの『飛翔』が実行され、放たれた奥義が真正面からぶつかり合った！

ドッゴォォォォォォッ！！！

これも互角かと思われたが、突然タイガージョーが大量に吐血し、崩れるようにその場に倒れた。

「そうか。貴様の身体は……だが、勝負は勝負。哀れみはかけん！」

「なっ……！　ま、待て、鴉丸！」

勇二の制止の言葉を聞くはずもなく、鴉丸がトドメを刺そうとする。その鴉丸の眼前に向けて、膝をついたタイガージョーはビシッと三本指を立てた。

「三日だ。三日待て！　それまでに、魔神勇二を仕上げてみせる……尤《もっと》も、お前がそれを恐れるのなら、今ここでケリをつけてもらっても構わんが」

トドメを刺そうとした手を止め、鴉丸はニヤリとした。そして声を立てて笑った。

「……いいだろう。下手《へた》な挑発だが乗ってやる。三日後だな。ではその夕刻、水平線に日が沈む時間に海岸で待つ。いいな、魔神勇二。この世を破滅させたくなければ必ず来い！」

「承知した。そう言わざるを得ないようだ」

勇二の返事を聞いてあっさりと一度は去りかける鴉丸だったが、ふと何かを思い出したようにその足を止める。

「魔神勇二……ここまでお膳立《ぜんだ》てを整えた闘いだ。貴様に妙な迷いが残っていては面白くないので、一つ教えてやろう。貴様の家族を殺したのは、貴様の兄、勇一ではない！」

予想だにしない発言が、それも鴉丸から出たことに、勇二は声を荒らげる。

「な、なんだと！　どうしてお前にそんなことが分かる！」

「分かるものは分かる。貴様ももう一度よく考えてみることだな」

言うだけ言って、今度こそ鴉丸は去っていった。

「……しっかりして！」

茫然《ぼうぜん》と去りゆく鴉丸を見ていた勇二の耳に、背後から女性のそんな声が聞こえた。

振り向くと、そこには傷付き倒れたタイガージョーを抱き起こす京子の姿があった。

「京子先生、何故貴方《あなた》がここに……いや、今はそんなことを気にしている場合ではないか。タイガージョー、大丈夫か？」

急いで駆け寄った勇二は、タイガージョーの身体から機械の部分が露出しているのを見て驚きを隠せない。

「タイガージョー、それは……？」

「ふっ、これか……私としたことが迂闊《うかつ》だった。己の身体のことを忘れ、肉体と密接に関《かか》わる起死回生の奥義、『飛翔竜極破』を使ってしまうとはな……それだけ、あの男、鴉丸羅喉との闘いを知らず知らずのうちに楽しんでいたというわけだが……」

「その機械の身体は……もしや、あの『組織』の……」

質問を続けようとする勇二を、京子が制する。

「話はあとで。今はこの人の身体を……」

京子はタイガージョーの身体に手を添えた。すると、その手からぼんやりと光が発し、ゆっくりとだがタイガージョーの傷が癒《いや》されていく。

「じっとして……そう……少し時間はかかるけど……」

「傷が治っていく……？　先生がそんな力を持っていたなんて……」

「……そうね、みんなには今まで秘密にしていたものね。この特殊能力はずっと封印してきたの。ある一人の人以外には使わないと誓ったから……」

「えっ……？」

「何かに導かれるようにここへ来たんだけど……そうなの、この人はタイガージョーというの……ジョー……」

先程から驚きの連続で頭の中が整理しきれない勇二だったが、京子の意味ありげな言葉は彼にとって大きな意味が存在していた。

☆　☆　☆

そして、一夜明けて翌日の修行場。

「駄目だわ、ジョー……サイボーグ、というのかしら。貴方のその身体には私の治癒能力も充分に生かされない。それに……」

「いや……あと二日もてばいい。これで充分だ」

その日も、京子は修行場に顔を見せていた。彼女の目的は言わずと知れよう。

心配する京子の手を振り切って、タイガージョーは勇二の待つ修行場の奥へ向かう。

そう、この日から二日後の鴉丸との決戦に向けて、タイガージョーの指導のもと、勇二の特訓が開始されるのだった。

「魔神勇二、お前に残された時間はあと二日……もあると思うな！」

「はい……えっ？　タイガージョー、何を……」

「一分一秒でも早く、お前はこの私を超えるよう務めろということだ。もとより数日で強くなろうという行為自体が邪道！　無理を通して道理を引っ込めるには、一分一秒をより濃密な時間にして自らを追いつめるのだ！」

タイガージョー独特の理論展開にもここまでの付き合いで慣れたのだろう、今度は勇二も異論を挟まず、ただ「はいっ！」と返事をした。

「だからといって、焦りは禁物だ。そのためにも一つ教えておこう……宇宙から飛来してくる『破滅を招くもの』のことだが、おそらく『奴』は鴉丸とお前の闘いが決着を見た時に、姿を現すだろう」

「そうなのか？　では、そこで『破滅を招くもの』は何を……？」

「それは分からん。私が言いたいのは、それまで『奴』のことは気にせず、自らを高めることに専念しろ……そういうことだ」

そして、特訓は開始される。

「……どうした、どうした！　その程度で鴉丸に勝とうなど、夢の又、夢！」

「はぁ……はぁ……まだまだぁ！」

「うむ……その心意気やよし！　では、ゆくぞっ！」

そんな声が、少し離れた場所にある山小屋、そこにいる京子の耳にも届いただろうか、とっぷりと夜がふける頃、初日の特訓は終わりを告げた。

「あ……ありがとうございました」

そう一礼するのと同時に、勇二はがくりと膝を落とした。あれほど律儀な勇二がそうなってしまうことからも、特訓の尋常ではない苛酷《かこく》さが知れる。

「ふっ……最後まで気を抜くでないぞ」

そう言いつつも、タイガージョーは虎のマスクの下、満足そうに笑みを浮かべているようにも見える。少なくとも、勇二はそう感じていた。

今の勇二の心境を一言で表現すれば、『信頼』。そう、一時は反発したことさえある相手、タイガージョーに、勇二は全幅の信頼をおいていたのだ。

☆　☆　☆

京子が修行場を去る前に作っておいてくれた、特訓後のエネルギー補給には最適なバランスで考えられた料理をありがたくたいらげ、勇二は睡眠という休息の時を迎える。

眠りへと落ちる前の束の間、勇二は鴉丸が去り際に告げていった言葉について考えを巡らす。父母、妹の恵が殺された時は憎き仇と思っていたが、その後にさまざまな経験を経て復讐《ふくしゅう》の愚かしさを知るうちに、その思いが薄れていった兄の勇一のことを。

（あの惨劇の日……父さん、母さん、そして恵を死に至らしめた男の姿や声は、確かに勇一兄さんのものだった……だが、あの後、兄さんは一度も姿を見せていない。例の『組織』なら、俺を抹殺するために寄越《よこ》してもいいはずなのに……）

辛《つら》さに耐えて、勇二は死の直前、瀕死《ひんし》状態だった恵のことを思い出す。

(恵は、自分の首を絞めている相手を勇一兄さんだとは一言も言っていなかった。あの時の恵は視力を失っていたようだが、だからこそ姿形に囚《とら》われず正確な判断を……)

当然の流れで、勇二の思考は次に(仮にあの男が偽者だとしたら、本物の勇一兄さんはどこに？)という展開に及ぶ。

答えを導く二つの鍵《かぎ》、二つの言葉に、勇二は辿りついた。

一つは、先日のバトルの最中に鴉丸が呟いた言葉……。

『……三年前の借りを返すためにも、刻印の力抜きで闘ってやる』

もう一つは、治癒能力を発揮した際の京子の言葉……。

『……ずっと封印してきたの。ある一人の人以外には使わないと誓ったから……』

そして、その二つ以上に、格闘家として勇二は確証を得ている事実があった。

(今日の昼間、組手をかわした時に感じた手応え……間違えようがない。あの感触は……だが、何故なんだ……どうして……)

疑問を抱えたまま、勇二はまどろみの中へと落ちていった。

☆　　☆　　☆

その同じ頃……N市某所では、ルワイルが非難の声を浴びせられていた。

『……ルワイル、君には全く失望させられたよ』

『同感だな。趣向を凝らすのもいいが、この切迫した時期になってもまだ問題を処理できていないのだからね』

『先日、某国が暴挙に出た核ミサイルの一件もそうだ。君の賢者の目なら、充分予想できたはずだ。誤爆したからいいものの、なんのために君を飼ってると思うのかね』

ルワイルに言葉で集中砲火を加えているのは、立体映像として居並ぶ、例の『組織』を束ねる者たちであった。

「ふっ……あれは誤爆ではありませんよ。たぶん、『破滅をもたらす者』が破壊したのでしょう。全く大した力ですよ。放射能の欠片《かけら》も残存させないんですから」

ルワイルのその言葉に、心なしか以前のような泰然自若とした態度が薄れていた『組織』の者たちに、はっきりとした動揺が走る。

『それが分かっているなら、尚更ではないか！　せっかく我々がお前のような化け物に、世界の平和を保つという名誉ある使命を与えてやったというのに！』

『まさかとは思うが、地球が破滅しても、忌まわしき例の能力で自分だけは生き残れるとでも思ってるのじゃないだろうな、ルワイル！』

感情を露《あら》わにする『組織』の者たちに、ルワイルは小馬鹿にしたような口調で答える。

「なんだ……僕はてっきり貴方たちは世界の破滅を望んでいるのだと思っていましたよ。今いるその遠く離れた場所から、高みの見物、まだ人類の誰も見たことのない、地球崩壊という一大スペクタクルを楽しむものだと、ね」

ある意味、痛いところを衝かれて、『組織』の者たちは一様にたじろぐ。

『……話を元に戻すことにしよう。最初に話した通り、君へのタイムリミットは明日だ。それまでに君が魔神勇二を処理できなければ、N市一帯にBC兵器が使用される』

『我々としても、そのような非人道的手段は気が進まないのだよ。できれば、君の手で任務の完遂を願いたい』

「……気が進まないのなら中止することだな。蛆虫《うじむし》どもめ」

そこに横槍《よこやり》が入った。ルワイルすら気付かぬうちにこの場に姿を見せた、鴉丸によって。

そう述べた鴉丸に、初めて恐怖という感情を覚えたルワイルは、反射的に力を放った。

その強力な念波による波動は、鴉丸に纏わりついてその身体を引き裂くはずだった。しかし、鴉丸が「ふん！」と一声するだけで、たちどころに波動は霧散してしまった。

その光景を、そして鴉丸の左腕の刻印を目にして、ルワイルは瞬時に理解する。

「そうか……おぼろげに僕の賢者の目が感じていた力は……魔神勇二の力が安定していないせいだと思っていたのは……そうだったのか……鴉丸羅喉というのですね、貴方は」

「ほぉ、少しは心を読み取れるというわけか。だが、超能力者なら俺はもっと高レベルの者を知っているぞ。それに……あいにくだが、俺は操り人形相手に喋《しゃべ》る気はない」

そう言った瞬間、鴉丸はルワイルの首を一撃で刎《は》ね飛ばした。

倒れるルワイルの後ろに、青白い結界に覆われた物体が姿を見せる。宙に浮かぶその物体は巨大な脳みそといえばいいだろうか、それは直接、鴉丸の脳に言葉を伝える。

〈……貴方には分かるんだね。これが僕の本体であることも……〉

「そうだ。その脳みそには、そこに転がっている貴様が喋らせていた双子の弟の分まで含まれていることも。貴様たちがすぐに再生を始めることもな」

鴉丸の指摘通り、彼が刎ねたはずの首と胴体が床の上でズルズルと引き寄せ合い、再生しようとしていた。そして、今までルワイルだと思っていたそれは、脳のない空っぽの肉体に過ぎず、巨大な脳みその方がルワイルの正体に近かった。

〈魔神勇二ではなかったんだ……僕の……僕たちがずっと望んでいた救世主……それは鴉丸、貴方だったんだ……〉

「ふん！　俺が『救世主』で、魔神勇二が『破滅をもたらす者』か。冗談にしても最低の部類に属するな」

『な……何をやってるんだ、ルワイル！　そいつを早く倒さんかっ！』

映像を通してとはいえ、恐怖に言葉を失っていた『組織』の者たちの一人が声を上げた。それが、鴉丸の視線をルワイルから立体映像へと移し、彼にここに現れた時と同じ言葉を、今度は命令口調で繰り返させた。「ＢＣ兵器使用を中止しろ」と。

『我々が退屈の次に嫌うことを知ってるかな。それは他者から命令を受けることなのだよ』

鴉丸の不遜な態度に負けまいと、『組織』の一人はそう虚勢を張った。その映像に向け

て、鴉丸はゆっくりと手を伸ばす。

「ははっ……どういうつもりかな。もう一度言おう。我々は……」

辛うじて余裕を見せていたのもそこまで、立体映像という状況にもかかわらず、鴉丸がその首に手をかけると、彼は苦しみ始めてあっけなく事切れた。それを見て形振《なりふ》り構わず動揺する『組織』の他の者たちに向かって、鴉丸は冷笑を伴いつつ言い放った。

「刻印の力を持つ者に、暗殺者などを寄越す貴様たちの甘い認識を改めるのだな。核ミサイルも又、然《しか》り。この力に物理的法則は通用しない」

自分たちが触れ得ざるものに触れてしまったことを悟り、死を逃れるべく『組織』の者たちは、次々と映像回線を自ら切っていった。

怯《おび》えきっていた彼らとは逆に、ルワイルだけは期待に満ちた声を鴉丸に対して示す。

〈その力……間違いない。僕たちはずっと貴方を待っていた……〉

ルワイルは熱に浮かされたように、そして一種の懺悔《ざんげ》のように自らのことを語り始める。

本来、双子として産まれるはずだったが、脳のない肉体部分とその脳を吸収した醜い姿の二つに分かれてこの世に生を受けたことを。

その運命を呪《のろ》い、やがて世界全てを呪うようになり、この世を終末へと導く自分たちだけの救世主を捜し始めたことを。

〈そして……僕たちの身体は無限に再生を繰り返してしまう。そのせいで、自ら死を選ぶ

ことすら許されなかった。しかし、貴方の刻印の力なら僕たちも世界と共に……〉

ルワイルの話の途中で、鴉丸は刻印の力を使って二人のルワイルを葬り去った。

まるで路傍の小石を蹴り上げるような風情で。しかし、どこか不機嫌そうに。

「ふっ……くだらん。さんざん御託を並べ立てても、所詮《しょせん》は自殺志願者か」

ルワイルの望みは本当に自らの死と世界の破滅だったのだろうか。もしかしたら、彼は誰かとの絆を求めて……そして、もしも彼が勇二と出会っていたら……。

今や誰もその答えを知ることはできない。

☆　　☆　　☆

勇二と鴉丸の対決まで、残すところ一日となったこの日。

タイガージョーの指導による特訓はいきなり佳境に入っていた。

「……勇二、今からお前に閃真流人応派究極奥義を授ける。私の今の身体では、もはやこの奥義に耐えられるかどうか分からぬ。よって、機会は一度！　心してかかれ！」

その言葉から分かるように、タイガージョーは自らの命を賭《と》していた。

漢《おとこ》としての覚悟には、漢として応《こた》えなければならない。

勇二は「そんなことをしたら……」というタイガージョーを気遣う言葉を喉《のど》の奥に押し込めると、無言で頷《うなず》いた。

閃真流人応派における究極奥義とは、『波陣滅殺《はじんめっさつ》』という。

その伝授は、タイガージョーが『波陣滅殺』を放ち、勇二がそれを同じ『波陣滅殺』で相殺するという方法で行われようとしていた。

「原理は先程、話した通りだが、それもきっかけに過ぎん。究極奥義にかかわらず、技とは身体と心で掴《つか》み取るものだ。前者は昨日から今日までの特訓でできあがった。あとは……」

風が変わった。タイガージョーの膨れ上がる気に反応して。

「崖《がけ》っぷちに追いつめられた獅子《しし》の……背水の陣をひく武士の心を持つがいい！」

「はいっ！」

「うむ、よい返事だ……ゆくぞ、勇二！」

タイガージョーの檄《げき》に応えて、勇二も気を高める。

向かい合った勇二とタイガージョーの動きが、合わせ鏡に映したようにシンクロしていき、二人の練られた気がピークに近付く。

気の奔流に、天が震え、大地も揺らいだ時だった。

「「はああああああああ！！！」」

重なる二人の咆哮《ほうこう》に続いて、遂に二つの『波陣滅殺』が放たれた！

…………。

直前に気の奔流が産み出した局地的な嵐に比べて、実際に『波陣滅殺』が放たれた途端、その場には静寂が訪れた。つまりは、『無』の世界。全てを『滅殺』するというのは、そういうことなのだろう。

二つの衝突する力はやがて一つになり、それは逃げ場を求めて空へと、そして成層圏を超え真空の宇宙にまで伸びていった。

究極奥義『波陣滅殺』の伝授はここに成功したのだ。

「見事だ、勇二……」

そう言葉を洩《も》らして地面に膝をついたタイガージョーに、勇二は駆け寄り、昨夜の思索の末に辿りついた結論を口にした。

「タイガージョー……いや、貴方は兄さん……勇一兄さんなんだろ？」

タイガージョーの虎のマスク、その一部分が、『波陣滅殺』の余波を受けて破損している。そこから覗《のぞ》く瞳も、勇二の知っている勇一のものだった。

だが、タイガージョーから返ってきた言葉は……。

「……いいや、違う」

「嘘《うそ》だっ！　鴉丸が言っていた『三年前の借り』というのは、あの世界格闘技選手権の決勝のことなんだろ？　それに、京子先生も治癒能力をたった一人の人にしか使わないと言っていた。それが勇一兄さん以外のわけはないじゃないか！」

「………」

「気付いたのは、昨日、組手をかわした時だ。いくら兄さんが取り繕おうとしても、あの手応えは……小さい時から幾度も重ねてきた、あの感触は嘘をつかない！」

まくし立てる勇二に向かって、タイガージョーは静かに口を開いた。

「……分かった。魔神勇二、今こそ全てを明かそう。まずもう一度言うが、私はお前の兄ではない。何故なら、私は……お前の兄、勇一を殺した男だからだ」

「なっ……！」

勇二は地面が大きくグラリと揺れた気がした。それはショックによる錯覚に過ぎなかったが、勇二はタイガージョーの横に同じように膝をついた。

「そ、そんな馬鹿な……タイガージョーが兄さんを……じゃあ、やっぱり兄さんが父さんと母さんと恵を……嘘だ！　いや、何が嘘で何が真実なのか、もう俺には……」

混乱をきたす勇二に、この時ばかりは弱っている身体にも再び力が戻るのか、タイガージョーの鉄拳《てっけん》が飛んだ。

バキィィィィッ！

「落ち着いて、私の話を聞かんかぁ！」

「くっ……タ、タイガージョー……すまない。話を聞かせてくれ」

「うむ……全ては、先程お前も口にした、米国での世界格闘技選手権に始まる……」

タイガージョーの話、その時間軸は今から三年前に遡《さかのぼ》る……。

……世界格闘技選手権、その決勝で鴉丸を破りチャンピオンとなった魔神勇一。その並外れた身体能力に目をつけたのが、例の『組織』だった。

早速、特殊部隊を使った拉致《らち》という手段に出ようと考えた『組織』だったが、直前に起きた一つの事件が、彼らに二の足を踏ませた。たった一人の格闘家により、『組織』の研究施設が壊滅状態に陥った事件が。

その格闘家を凌《しの》ぐ戦闘力を有していると思われる勇一に対しては、新たに慎重な計画が練られた。某大学のスポーツ生理学の研究室を隠れ蓑《みの》にして、そのスタッフの中に『組織』の人間を潜り込ませて勇一に協力を求めるという形が取られた。

計画は順調に進み、実際に『組織』が勇一を利用したある目的に着手し始めたのは、彼が二年連続で格闘技世界チャンピオンに輝いた頃のことだった。

「……勇一兄さんの謎《なぞ》の失踪《しっそう》も丁度、その頃のことだったが……」

「そう、洞察力の鋭いお前の兄は気付いたのだ。自分が何かに利用されていることにな。だから、彼はその目的を探るために自ら『組織』の手中に飛び込んだ……」

『組織』の目的とは、勇一のクローン体の大量製造、それによる最強部隊の設立にあった。徹底して管理するために、クローン体には全て予《あらかじ》め洗脳手術が施された。加えて、サイボーグ化にまで至ったのは、軍事産業の介入があったという噂《うわさ》も囁《ささや》かれた。

「クローン体？　もしかして、それは……」

「そうだ。お前の家族を殺めたのも、そのうちの一人に間違いないだろう。お前にまやかしの現実を見せ、心に憎しみを宿らせるために」

「サイボーグ化といったが、ということは……いや、なんでもない」

「勇二よ、今、お前が考えた通りだ。私もそのクローン体の一人なのだよ」

「タイガージョー……貴方が兄さんのクローン体……」

戸惑う勇二に構わず、タイガージョーは話を続ける。

……自らのクローン体が作られているのを知った勇一は、世間に全てを公表するに足る証拠を『組織』の研究施設から入手して逃走を試みた。

その追っ手として選ばれたのが、初の実戦となるクローン部隊であった。立ちはだかる自分の分身たちを勇二は次々と撃破していったが、『組織』の権力と多人数のクローン体という物量の前には、遂に力尽きた……。

「……その時、勇一にトドメを刺したのが、追っ手の一人だったこの私だ」

気まずい沈黙が、勇二とタイガージョーの間に流れる。

しばらくして、勇二が口を開いた。

「その貴方が、どうして今の……タイガージョーになったんだ？」

「自らのオリジナルを消してしまったことで、一種の自己崩壊なのか、その時、私の心に変化が起こった。洗脳で植えつけられていた『組織』への忠誠心が消え、その代わりに勇一の記憶と人間としての自意識が目覚めたのだ……」

タイガージョーは自らの拳を強く握りしめた。革手袋の擦《こす》れ合う音が彼の無念を表しているように、勇二には思えた。

「……魔神勇一を倒した功績ということで、私は『J』というコードネームを与えられ、クローン部隊から一人独立を許された。その後、私は『組織』を抜け、勇一の記憶から閃真流格闘術を少しずつ学んでいき……そして、数ヶ月前にこの日本を訪れた」

「数ヶ月前？　そうか……失踪から戻ってきた兄さんというのは……」

「……私だ。最初は真実を告げるつもりだったのだが、魔神家の温かい雰囲気に甘えてしまい、ずるずると居続け……その結果、お前の家族も守ってやれず……すまなかった」

頭を下げるタイガージョーを、兄の勇一を殺した彼を、勇二は責めることはできなかった。その逆に、「許す」と言えるほど寛容になれるはずもなかった。

勇二は立ち上がると、タイガージョーに向かって深々と一礼をする。

「御指導、御鞭撻《ごべんたつ》……ありがとうございました！」

今はその言行が全てだった。ここまで自分を導いてきてくれたタイガージョーが勇二にとって師であるのは間違いなかったのだから。

その意思を受け、タイガージョーも手を貸そうとする勇二を拒み、飽くまでも師として振る舞おうと、最後に残った力を振り絞って大地に立つ。

「私のことはいい！　師を乗り越えたお前には、もう私の存在は過去でしかない。だから、振り返るな。漢なら常に前を向いて進むのだ！」

「……はい。分かりました！」

勇二はすぐにそれを実行に移す。前だけを向き、一人歩き始めることで。

「そうだ……それでいい……それでこそ、魔神勇二だ……」

タイガージョーの言葉を背中に受けながら、勇二はひたすら前に進み続けた。

☆　☆　☆

修行場の奥に一人残されたタイガージョーの身体が揺らめき、地に崩れそうになる。

それを支えたのは、彼を愛する女性、京子だった。

「ジョー……今はあえてその名で呼ばせてもらうわ、ジョー」

「京子か……」

「どうして、彼にあんなことを？　貴方だって本当は……」

「いいんだ。今、勇二に必要なのは甘えの心ではない。だから……これでいいんだ」

京子は治癒能力を使ってタイガージョーの身体を癒そうと手をかざすが、彼はそれをやめさせた。

「今はいい……いや、必要がないのだ。お前がこうして共にいてくれるだけで俺には充分なのだから。それよりも……そのイヤリング、よく似合ってるな」

京子がクスッと笑った。

「ジョー……貴方が贈ってくれたイヤリングよ。後にも先にも、たった一つ、これだけ。なのに、忘れてしまったの？」

「忘れるものか。だからこそ、似合ってると言った」

京子はもう一度クスッと笑い、タイガージョーはその笑みをもっとしっかりと見たいがために、虎のマスクを顔から取り去った。たったそれだけでも身体に負担がかかるのか、彼は大きく肩で息をする。

「ジョー……」

「そんな顔をするな、京子。だが……それも責は俺にある、か」

タイガージョーは、京子の少しほつれた髪を指で直してやる。そのまま彼女の頬《ほお》を、顎の線を慈しむように指を這《は》わせる。

「お前にはずっと辛い思いをさせてきたな。償いとは言わぬが、私の残された命……全てお前にやろう」

潤んだ瞳で京子はタイガージョーを見つめ、小さく頷く。

「そして……我が命尽きるまで、お前を我が愛の炎で包み込んでやる」

「ええ。その炎で私の身も心も全て焼き尽くして、ジョー！」

待たせた男と、待たされた女。二つの影がやがて一つに重なっていく。

そして、この瞬間、男は本来の彼に戻り、タイガージョーは永遠の存在となった……。

第十二話　最後の死闘、明日への闘い

「父さん……俺もいつかは父さんみたいになれるのかな。側《そば》にいない時でも、いつもどこからか見ていてくれるような父親というものに……」

鴉丸との決戦、その当日の朝を、勇二は亡き家族の墓前に手を合わせることから始めた。

「母さん……まゆのことは当然知ってると思うけど、俺《おれ》、あいつが好きなんだ。父さんが母さんにそうしていたように、大事にする。約束するよ……」

父親には吟醸酒、母親には和菓子と、それぞれの好物をお供えしていた。そして、次に祈りを捧《ささ》げる妹に対しては、甘党ではない勇二が「これはちょっと…」と白旗を掲げたことのある、イチゴと生クリームたっぷりのタルトだった。

「恵……ごめんな。俺、まだまだ恵のところに行ってやれそうにないよ。まだおにいちゃんのこと必要としてくれる人がいっぱいいるんだ。でも、恵は昔から友達作るの上手だったから、そっちでも大丈夫だよな……」

そして、もう一人の家族に対しての祈りに入るまでは若干の間があった。

「勇一兄さん……タイガージョーの話を信じていないわけではないが、俺、あんなに強かった兄さんがもうこの世にいないなんて信じられないんだ」

勇二はそこで一旦《いったん》言葉を止めて苦笑する。その生死に関《かか》わらず、今の言葉を勇一が耳にしたら「いつまでも兄離れのできぬ奴《やつ》め」と笑われるだろうと感じて。

改めて、勇二は勇一に向かって語りかける。

「兄さん……今日、俺、鴉丸羅喉と拳《こぶし》を交える。兄さんにとって、互いを高め合う唯一無二の存在、好敵手だったあの男と。俺はまだそういった相手を見つけられないでいるが、今日は全力で闘う。兄さんが教えてくれた閃真流人応派の名に恥じぬように……」

勇二は合わせていた手を握りしめて拳に変え、最後に家族全員に向かって告げる。

「じゃあ、俺、行ってくるよ……恵に約束した通り、俺は刻印の運命なんかに負けない。絶対に勝ってみせる。それが真の仇討《あだう》ちであり、果たした後に虚《むな》しさの残ることのない復讐《ふくしゅう》の方法なんだと俺は信じているから」

☆　　　☆　　　☆

鴉丸との闘いに必ず勝つと心に決めている勇二は、先の未遂に終わった渡米の時のように皆に別れの挨拶《あいさつ》をしようとは思わない。

その反面、刻印について事情を知っている者たちにはやはり話しておかなければと考えてしまうのも又、勇二の生真面目《きまじめ》さであった。

まずは、昔のマンガに出てくる研究所のような雰囲気のある来夢の家を訪ねる。

「……そうだったんだ。だから、『破滅を招くもの』の地球に近付くスピードが少し落ちたんだね。勇二お兄ちゃんとその鴉丸って人との決着を待つために……」

勇二に話を聞いてしょんぼりとなった来夢は、ロボイドの『さんちゃん』に小声で何かを命令した。「にゅにゅ〜ん」と『さんちゃん』が持ってきたのは、来夢の発明品の一つ、感情を抑制する眼鏡《めがね》だ。来夢はそれを勇二の目の前でぐしゃりと壊した。

「勇二お兄ちゃん……もう来夢、こんなもの使う必要ないよね？　これからも淋《さみ》しい時はいつでも勇二お兄ちゃんが来てくれて……それで自然とにっこり笑えるよね？」

来夢のいじらしさが、勇二の胸に沁《し》みる。

「ああ、勿論《もちろん》だ。来夢が勇気を出してイジメっ子たちに一人で立ち向かったのに比べれば、俺の闘いなんて一対一、それに負けたら来夢に『お兄ちゃん』と呼ばれる資格がないよな」

来夢は滲《にじ》んでくる涙を自分の意志で抑え、最高の笑顔で『さんちゃん』と一緒に勇二を送り出した。

☆　　☆　　☆

次に、勇二は二匹の狛犬《こまいぬ》が迎える鏡守神社に出向く。

「……そうですか。その時が来たのですね」

勇二が何も言わないうちからその顔を見ただけで、萌木からそう言ってきた。

「勇二さまが遂《つい》に……蘇芳に弟子入りしてよもぎ餅《もち》職人への道を歩み始める時が……」

「はぁ……？　いやいや、萌木、そういうわけでは……」

「冗談です……勇二さまが少し弱気な顔をなさっているのが悪いのですよ。二千年も続いた神女のくびきから私を救ってくれた、貴方《あなた》御自身の強き力を信じてください」

「そうだな。確かにその通りだ……闘う前から気持ちが負けているようではいけないな。

第十二話　最後の死闘、明日への闘い

信じよう、萌木の言葉を……はっ！」

勇二の言葉が終わるのを待たずに、萌木はいきなり竹箒《たけぼうき》で例の如《ごと》く勇二の頭を叩《たた》こうとした。半ばそれを予期していた勇二は、意趣返しのつもりで避けられるのにワザと二本の指で真剣白刃取りのように受け止めてみせた。

勇二にも予想外だったのは、そうされた萌木の反応だった。

「な、なんてことを……！　そうですか。勇二さまがそういうつもりでしたら、次からはいよいよ高枝ハサミの出番ということで……勇二さまの…をチョッキン、と」

「ちょっと待て、萌木。俺の何をどうするつもりだ？」

「心配はいりません。そのために高級ドリルがあるのですから」

とりあえず今後のことを考え、別れ際に気力を振り絞って「じゃあ、行ってくる。そのお……もえもえ」と告げて、萌木の機嫌を伺う勇二であった。

☆　☆　☆

買い物客で賑《にぎ》わうショッピングセンターを抜けて、勇二は高級マンションへと向かう。

「……そなたは本当に魔神勇二…か？」

それが勇二に向けられた麗蘭の第一声だった。続く二言目がそれに補足説明を加える。

「妾《わらわ》の知る魔神勇二なら、勝利の報告のみを報《しら》せに来るはずだ」

言葉を失う勇二を、更に麗蘭は責め立てる。

「もしや、そなたは『死ぬかもしれない』などと泣き言を吐いて同情を誘い、妾を抱こうとでも思って来たのではないだろうな……見損なったわ、魔神勇二！」

このままでは何を言い出されるか分からないと、勇二は先に頭を下げる。

「すまなかった、麗蘭。お前の言う通りだ。俺が来たのは間違い……」

「いや……来なかったら来なかったで、妾は腹を立てていた。『この薄情者めが』と」

天上天下唯我独尊の麗蘭に、女心が加わってはまさに無敵だった。

この後も「妾もそなたと共に行くぞ」と鴉丸との闘いに同行を求める麗蘭を説き伏せるのに、勇二は苦労する破目になる。

☆　☆　☆

最後に、勇二は以前に自宅が建てられていた場所を訪れる。

あの惨劇の日、全ては焼け落ちて今は更地と化しているそこを、勇二は玄関のあった場所から足を踏み入れ、部屋の一つ一つを確かめるように歩く。

その勇二に声がかかった。

「……勇二くん」

まゆである。彼女はたまたま偶然に現れたのではなく、勇二とここで待ち合わせをしていたのだ。

「まゆ……悪いな。こんなところに呼び出したりして」

「ううん、そんなことないよ。勇二くんと会えるのは嬉《うれ》しいし……」

まゆも別に勇二に倣ったわけではなく、自然と玄関のあった場所から更地に足を踏み入れる。そして、居間のあった地点でポツリと洩《も》らす。

「勇二くんの誕生日パーティ……楽しかったなぁ。他《ほか》にも勇二くんちには私もいろいろと……幼なじみの特権だね。勇二くんも何か思い出してたの？」

「ああ。過去を振り返ることを、以前の俺は消極的な行為と受けとってあまり好きじゃなかった。でも、違うんだよな。思い出が……そこにある触れ合いが人を強くしてくれる。俺もやはりそれに支えられているんだなって……」

「そだね……」

「あっ……だが、今日、まゆに来てもらったのは昔を懐かしむためじゃなくて……そのぉ、俺の決意を聞いてもらおうと思って……」

顔に「？」という表情を浮かべるまゆに、勇二は思い切って告げる。

「いつになるかは分からないが、俺はもう一度ここに家を……温かい家庭を作ろうと思っている。その時には……まゆ、お前も一緒だ」

勇二は、鴉丸との闘いを前にそうはっきりと宣言することを一つの力に変えようと思っていたわけだが、それはほとんどまゆへの有無を問わないプロポーズだった。

「ゆ、勇二くん……あの、そのぉ……うん、私も……協力するね……」

頬《ほお》を朱に染めて返事を、プロポーズの承諾とも受け取れる言葉を口にする、まゆ。

それに比べて勇二が平然としているのは、彼にとってまゆを愛すると言った時点でそれは当然の帰結であったのだろう。

「ん？　どうした、まゆ？　それに、そのバッグは？」

「あっ……これ？　これはね……」

まゆは手にしたバッグから、鋏《はさみ》や櫛《くし》などの散髪道具を取り出す。

勇二から連絡があった時に鴉丸のことは聞かされていて、その闘いに備えて伸び放題になっている勇二の髪を整えてあげようというのが、まゆの意図だった。

「変かな？　でも、私、こんなことくらいしか思いつかなくて……」

「そんなことはない。助かるよ、まゆ」

「あっ……でも、どうしよう。ここじゃあ、椅子《いす》とかないし」

「いや、いいよ。ここで頼む」

躊躇《ちゅうちょ》なく地面に腰を下ろす勇二に、まゆもクスッと笑ってそれに応じる。

そして、穏やかな午後の陽射《ひざ》しの中、チョキチョキと刻まれる鋏の音が響く。

黙っていると余計な考えが頭に浮かんでしまいそうになるまゆは、懸命に話題を探して勇二に話しかける。

それは、ようやく病院を退院した父親の将人がまだ入院中の妻の蒔絵の病室に入り浸りになっているという、相変わらずのらぶらぶ両親の話に始まる。

「……看護婦さんたちにもそのことが知れ渡ってて、私が面会に行くと『ああ、あの秋月さんの……』とか言われるの。もう恥ずかしくって恥ずかしくって」

「別にいいじゃないか。まゆの両親は愛情表現が大らかで素敵な夫婦だと、俺は思っている。まあ、同じようにしてくれと言われたら少し困ってしまうが」

「ほらぁ、やっぱり勇二くんだって恥ずかしいって思ってるぅ！」

話は次に、成美がまゆに「淋しいやろ」とプレゼントした子猫の話題に移った。

「……まだ身体《からだ》は小さいのに、結構、大食らいなのよ。それに、毛がふわふわしててついつい頬ずりしちゃうの。勇二くんも一度……あっ、猫アレルギーとかじゃなかったよね？」

「ああ。少し前までは黒豹《くろひょう》の世話をしていたくらいで……いや、その……それで、子猫に名前は付けたのか？」

まゆは少し恥ずかしそうな顔で、子猫の名前を口にする。

「あのね……『リンドー』って付けたの」

「リンドー、か……悪くない名前だ。はて、リンドーといえば前に……」

勇二の脳裏に、聞きそびれていた一つの疑問がふと浮かんだ。

以前にまゆの家を訪ねた時に、彼女の母親、蒔絵が意味ありげに口にしたことで発生した疑問、まゆが毎日勇二のために活《い》けてくれているらしい花、リンドウの花言葉が何かということだ。

ストレートに勇二がそのことを尋ねてみると、まゆはいっそう恥ずかしそうな顔になって答えを口にする。

「リンドウの花言葉はね……世界の中に一人で立ち向かっていく勇敢な貴方を、熱い眼差《まなざ》しで見つめる人がいるのに気付いて……っていうの」

「そ、そうか……なかなか詩的というか、その……悪くないな、うん」

聞いた勇二の方もやはり照れてしまうのだった。

そして、勇二の髪が整え終わり、水平線に日が沈む時間も近付く。

それは鴉丸との闘いが迫り、二人が別れる時の訪れを示していた。

「あの、勇二くん……用事がすんだら……よかったら、今日、うちに夕ご飯、食べに来て」

まるで勇二がちょっと近所に買い物にでも出かけるように……そう思いたくて、まゆは殊更普通に会話をしてみせようとする。

「分かった。その頃《ころ》には相当腹が減ってるだろうから、料理は多めに頼む」

勇二もまゆに合わせて、そう言葉を返した。

「うん…いっぱい作って待ってる。勇二くんの大好物のきんぴらごぼうは必須として……あと、ささみの梅肉はさみ、これって少し手間はかかるけどそうする価値がある美味《おい》しさっていうか……それと私の得意料理の肉巻き卵と……それから……それから……」

「ああ、楽しみだな……じゃあ、まゆ、行ってくるよ」

シンプルにそれだけ言って、勇二はまゆを残して歩き出した。

最強の相手、鴉丸が待つ海岸に向かって。

☆　　☆　　☆

太陽が西の空に傾く時、世界の命運をも懸けた闘いが始まる。

何かを予期するように海が荒れ始める予兆を既に漂わせている中、先に海岸に到着していたのは、鴉丸の方だ。

「……待たせたな。鴉丸羅喉」

姿を見せた勇二を一目見て、鴉丸はまず「ほぉ……」と満足げな声を洩らす。タイガージョーが「仕上げてみせる」と言ったのが嘘《うそ》ではなかったと理解したのだ。

勇二と鴉丸、二人は互いに瀬踏みすることなくすぐに固着した。

「では……魔神勇二、始めるとしようか。世界が破滅するか否かを懸けた闘いを……俺と貴様のどちらが最強かを決する闘いを……」

勇二は無言で頷《うなず》いた。

ここに来るまでは……いや、鴉丸の姿を見るまでは、(俺は独りで闘うのではない。愛するまゆもいる。俺を信じてくれる友たちもいる)と勇二は思っていたが、今は違った。

鴉丸から感じる未《いま》だかつて味わったことのない重圧が、勇二を純粋に一人の武道家へと変化させていた。

といっても、自らが背負っているものを勇二が完全に忘れたわけではない。そのことは、次の鴉丸とのやり取りからも明らかだ。

「一つ聞こう……魔神勇二よ、貴様はなんのために闘う？　地上最強の男になるためか？　それとも、この世界の平和のためか？」

「俺は……愛する女の明日を作りたい。愛する女がいつも笑顔でいられるように……なんのためにと問われれば、一番はそれだ！」

「ふっ、この痴《し》れ者が！　まあ、いい。それで貴様の真の力が引き出されるのならな」

堤防に当たって砕ける波音、その幾つ目かが闘いのゴングとなり、勇二と鴉丸のラストバトルが始まった！

「行くぞっ、鴉丸羅喉！！！」

「ああ……来るがいい、魔神勇二！」

初手から様子見など全く頭にない両者であった。

「閃真流人応派奥義……地竜鳴動撃ぃぃぃっ！！！」

「閃真流神応派奥義……天破雷神槍《てんぱらいじんそう》！！！」

勇二の『地竜鳴動撃』が砂浜の砂を巻き上げて、鴉丸に迫る。それを跳躍で避けた鴉丸の『天破雷神槍』がその名の如く落雷と化して勇二に標的を定めた。

「なんのぉっ！　閃真流人応派奥義……封陣縛止！！！」

迫る『天破雷神槍』をあえてギリギリのタイミングで避けた勇二は、その衝撃波をダッシュ力の後押しに利用して、鴉丸と間合いを詰める。同時に『地竜鳴動撃』が巻き上げた砂をめくらましにして、相手の動きを止める奥義『封陣縛止』を鴉丸に決めた。

「今だっ！　閃真流人応派奥義……鳳凰天舞ぅぅぅ！！！」

奥義の三連発！　特に三発目の『鳳凰天舞』が起こす連続攻撃をくらえば、如何《いか》な鴉丸とてダメージがゼロというわけにはいかない。勇二もそう思っていたのだが……。

「閃真流神応派奥義……天鱗甲殻壁！」

少しも慌てずそう唱えた鴉丸の身体の前に光の壁が出現し、『鳳凰天舞』の攻撃を一つも洩らさず防御した。そして、鴉丸が「ふん！」と気合を一閃させると、彼にかけられていた『封陣縛止』も解けてしまった。

「ふっ……我が神応派の奥義『天鱗甲殻壁』は、人応派の『鳳凰光翼壁』よりも防御の技として上だぞ」

「なんだと？　何故《なぜ》、そう言いきれる！」

「俺は、人応派の奥義も一通り使えるからな。試してみたことがある。『鳳凰光翼壁』では『鳳凰天舞』を完全には防ぎきれないことをな！」

それを見せるために、ワザと『鳳凰天舞』を『天鱗甲殻壁』で受けきったような鴉丸の発言であった。事実、『封陣縛止』を一瞬で解いたことを見てもそうだったのだろう。

勇二もそれを確信し、「舐《な》められたのか」といきり立つ。

「天鱗甲殻壁だと……ならば、その鱗《うろこ》だか甲羅を、俺の拳で残らず砕いてやるっ！」

宣言通りに、勇二の拳によるラッシュが開始された。

奥義を放つ場合、気を練って溜《た》めなければならないせいでどうしても相手に読まれやすいという欠点がある。ましてや、勇二の相手は閃真流挌闘術に精通している鴉丸だ。

そう考えて戦法を変えた勇二の判断は間違っていない。が、間違っていないことが全て正しいとは限らない。

動体視力だけでは捉《とら》えきれない勇二の凄《すさ》まじいラッシュを、鴉丸は相手の目の動き、筋肉の収縮、気の流れで読み取る。そして、全てを避け、かわし、受け止めた。その合間にカウンターを放つ余裕まで鴉丸にはあった。

「さて……では、こちらの番だな」

勇二が一呼吸つくのを皮切りに、今度は鴉丸のラッシュが始まった。

上段、中段、下段、その全てから、しかも同時に拳が繰り出される……そのような錯覚を勇二は経験する。ラッシュのスピード自体は勇二のそれと大きな差はなかったのだが、拳一つ一つに込められる殺気が違った。それがフェイントや残像と化し、勇二にその錯覚を起こさせていたのだ。

それでも、これがタイガージョーの特訓の成果か、それとも麗蘭が指摘した闘いによる成長力の凄まじさか、勇二は辛うじて有効打を鴉丸に打たせるまでには至らない。

そして、勇二は認識する。

鴉丸の拳や蹴《け》りが巻き起こす風圧で自らの頬がカマイタチの如き洗礼を受け、流れた血が口の中に鉄の味を思わせた時に、勇二は改めて認識する。

この闘いは一瞬の判断の誤りが敗北に、その先に存在する確実な死に繋《つな》がるかもしれないと。まさに死闘なのだと。

互いのラッシュの交換が終わると、一度両者は馳《は》せ違い、動きも止まった。

夕日が赤く照らす鴉丸の顔に笑みがこぼれ、それはすぐに声となった。

「はっはっはっ……いいぞ、魔神勇二。刻印の力とは、純粋なる力そのもの。それをこうも遠慮なく揮《ふる》えるのは、武道家として最上の喜びだ！」

勇二にはそう言えるほどの精神的余裕は皆無だった。

波が足を打ったことで、勇二は自分がいつの間にかくるぶしの上まで海に入っているのに気付いた。波が引く時に足の裏の砂が流され、身体が沈むような感覚が、勇二に今まで培ってきた全てが崩れ去っていくような気まで起こさせる。

握りしめる拳が重く感じる。全身から汗が噴き出す。顎《あご》の先から汗が滴り落ちる。

そして、耐えた。自ら選んだ闘いから初めて逃げ出したくなる思いに、勇二は必死に耐え続けた。

(駄目だ。こんなことでは……思い出せ、勇二！　思い出す……一体、何を。何を思い出せば、俺は今感じているこの恐怖から逃れることが……)

勇二に生じた迷いを、鴉丸は見逃さない。

「魔神勇二……何を臆《おく》しているかぁぁぁぁっ！！！」

まるで檄《げき》にも似た怒号と共に、鴉丸が勇二に向かって地を蹴った。

ただ本能のみで、勇二も前方に拳を突き出していく。

その時！

ガシィイイイッ！

勇二の右拳と鴉丸の左拳が激突した時だった。

二つの破滅の刻印が目映《まばゆ》い光を放ち、そして勇二の脳裏に何かの映像が次々と飛び込んでくる。

「こ、これは……そうだ、前にも……刺客の一人、戦士ヤナルと闘った時に……！」

そう感じた刹那《せつな》、勇二は鴉丸の過去を垣間《かいま》見《み》ることになる……。

☆　　☆　　☆

……鴉丸の過去は、今から三年前、彼が世界格闘技選手権の決勝で勇二の兄、勇一に敗北した後から始まる。

決勝の会場を去る鴉丸の横には、寄り添うように一人の少女がいた。

勇二の妹、恵と同じくらいの歳《とし》だろうか、さらさらとした肩まで伸びた髪に藍色《あいいろ》のカチューシャ、大きな瞳《ひとみ》に少し淋しげな色を浮かべ、全体的にも儚《はかな》げな印象を漂わせる少女は、『雪』といい、鴉丸にとって最愛の妹だった。

「……残念でしたね、お兄様。でも、ご立派でした……やはり、私の自慢のお兄様です」

「雪……ありがとう」

「対戦相手の……魔神さんでしたか。あの方の恋人さんと少しお話ができたのですが、その方もお兄様のことを褒めて……あっ……」

雪が少しモジモジして、鴉丸に尋ねる。

「あのぉ……お兄様は恋人さんを作らないのですか？」

「恋人…か。そうだな……それは、雪がお嫁さんに行った後のことかな」

「じゃあ、私、お嫁に行きません。ふふっ……それなら、お兄様とずっと一緒ですね」

「おいおい、それは困るな。俺は、亡き父上と母上からお前のことを……」

ふと雪の目が淋しげな羨望《せんぼう》に変わる。すれ違った下校途中の女の子たちの楽しげな様子に向けられたことで。

「雪……すまないな。学校に通わせられないばかりか、ホテルを転々とする生活で……」

「いいえ、そんなことは……全ては、私がこんな妙な力を持っていなければ……」

「いつかはあいつらも諦《あきら》めるさ。その時までの辛抱だ。そうだ……明日からは少しゆっくりできる。だから、まず遊園地に行こう。雪、前から行きたがっていただろ」

「いいんですか……？　嬉しい……とっても嬉しいです、お兄様！」

雪が笑顔を見せる。それは微笑と呼ぶに相応《ふさわ》しい控えめなものだったが、見る者に幸福を感じさせる笑みであった……。

……場面は一転、どこかの建物の中を走る鴉丸の姿に変わった。

「雪！　どこにいる……雪ぃぃぃぃっ！！！」

鴉丸との会話で雪が洩らした自らの『妙な力』とは、超能力のことだった。

それも、迫り来る暴漢を見ただけで爆死させた念動力、政府高官の死を予言した予知能力、その他にも透視、テレパシーと数種類の能力を持つ、天才超能力者だったのだ。

その才能を例の『組織』が見逃すはずはなく、度重なるしつこい誘いの末、遂に拉致《らち》という強引な手段に出たのだった。貴重な研究材料、モルモットとして。

『組織』の研究所の一つに雪が監禁されている情報を得た鴉丸は、妹を救出せんとこの時、その場所への侵入を果たしていた。研究所を守る『組織』の兵士たちを薙《な》ぎ倒し、一万ボルトの高圧電流の流れるゲートを突破する鴉丸の超人的パワー。彼の左腕には逆十字の刻印が浮かんでいた。

だが……雪の居場所、地下室に辿《たど》りついた鴉丸を待っていたのは、ポッドの中の溶液に

第十二話　最後の死闘、明日への闘い

浸るさまざまな人間の部品の数々、生きたまま実験台にされた妹の無惨な姿だった。

狼狽《ろうばい》を見せる研究員たちに向かって、鴉丸は感情が消えた声で問う。

「雪は……俺に向かって優しく微笑《ほほえ》みかけてくれた雪は……どこだ？」

「いや、その……我々は人類の更なる発展のためにだね……」

鴉丸は答えた研究員の首を刎《は》ねた。そして、別の研究員に迫る。

「返せ……俺の……俺の雪……雪を返せぇぇぇっ！」

「ひっ、ひいいいい！　こ、殺さないでくれ。私はただ命令に従っただけで……」

ザシュッ！　ザシュッ！　ザシュッ！

全ての研究員を惨殺した鴉丸は、雪の脳が浮かんだポッドに頬をすり寄せる。

すると、ポッドに繋がっているコンピューターのモニター、そこに映る線グラフが大きな波を見せて激しく反応した。

「雪……こんな姿になっても生きているのか？　俺がここにいると分かるのか？　すまなかった……雪、痛かっただろ？　苦しかっただろ？　もっと早く俺が来ていれば……！」

鴉丸の頬を血が伝う。それは、彼自身が流した血の涙だった。

「雪……今、楽にしてやるからな……」

鴉丸の左腕、そこに存在する刻印が金色の光を放つ。その光は、勇二が遂に成し得なかった絆《きずな》の最も深き者を贄《にえ》とすることの証《あか》しなのだろう。

そして、鴉丸の左腕が振り上げられ、雪の脳が浮かぶポッドを……。

そこで鴉丸の過去は終わった。

☆　☆　☆

勇二が鴉丸の過去を垣間見ていたのは、ほんの刹那のことだった。

その証拠に、第一撃は拳と拳で相殺したものの、鴉丸の次の攻撃、右腕の拳が勇二の身体にヒットし、彼を吹き飛ばした。

砂浜に倒れ伏す勇二を見下ろして、鴉丸が告げる。

「ちっ……俺の過去を見たか、魔神勇二。まさかとは思うが、それで俺に同情でもしたわけではないだろうな」

「分からない……だが、鴉丸よ。お前は俺が辿ったかもしれない、もう一つの姿なのかもしれないな。俺も家族を殺された時には、お前と同様に憎しみの炎に身を……ぐはぁっ！」

鴉丸は、勇二の顔を蹴り上げた。

「同じではないわっ！　確かに妹があのような目に遭わされた時、俺は哀《かな》しみと憎悪の感情を覚えた。それは認めよう。だが！　それを絶ち切ったからこそ、今の俺がある！」

「絶ち切った……？　何を言ってるんだ、お前は……」

困惑する勇二に向けて、鴉丸は彼のみが知る刻印の秘密を語り始める。

「何故、最も絆の深き者が贄になると思う？　刻印を持つ者がその絆を絶つことで、人間という生き物の殻を破ることにある。そうでなくては、神への道は開かれないのだからな」

「神への道、だと……？」

「そうだ。もうじきこの地球に辿りつく『奴』……『破滅を招くもの』が俺たち刻印を持つ者を目指しているのも、それが目的……陰と陽、二つの刻印の力を一つに融合させた者を神のステージへと上げてくれるために、『奴』はもうじきやってくるのだ！」

　自らの言葉に酔うように、鴉丸はテンションを上げる。

「分かったか、魔神勇二。贄の力を取り込めなかった貴様には、刻印の力を持つ資格はない！　だが、それも仕方のないことだ。これまで刻印の力を得た者たちもそうだったらしいからな。情に負け、力に溺《おぼ》れ……だが、俺だけは違う！」

　鴉丸は、刻印のある左拳を天に向かって高々と突き上げる。

「俺は神となる！　そして、この世界に破滅を……否、天罰を下した後もまだ俺は闘い続けるのだ。今度は、同じ神が相手だ。闘い……それこそが俺にとって何よりの喜び！」

　高揚感に酔いしれる鴉丸に向かって、その言葉をひたすら黙って聞いていた勇二がボソリと呟《つぶや》いた。「嘘をつくな……」と。

　鴉丸がピクリと眉《まゆ》をひそめる。

「嘘だと？　そうか……俺の話が信じられないということか。所詮《しょせん》、俗物には……」

「違う……俺が嘘だと言ったのは、鴉丸、お前の本心のことだ。お前は神になることなんて、本当は望んでいない。最愛の妹を無惨な目に追いやった人間が憎いだけだ」

「笑止！　言ったはずだ。そのような甘ったれた感情はとっくに捨て去ったと！」

「甘ったれてるのは、お前の方だ。お前は妹の身に起きた現実の辛《つら》さに耐えきれず、狂気に逃げ込んだんだ。そして、我儘《わがまま》を聞き入れてもらえない子供のように、『こんな世界、滅んでしまえばいい』と駄々をこねているだけだ！」

鴉丸の髪が逆立ち、その表情は鬼と化す。

「ほ、ほざくな、小僧がぁぁぁぁっ！」

そう叫ぶと、鴉丸の刻印が青白い炎を発し、やがてそれは彼の身体を全て覆い尽くす。

「なっ……！　こ、これは……！」

勇二の立つ足元が流砂と化し、彼をその渦の中に呑《の》み込もうとしていた。

そのアリジゴクの如きすり鉢型の穴から四肢全てを使って逃れた勇二に、今度は遠くにあったはずのテトラポッドが次々と飛来し、彼を押し潰《つぶ》そうと襲いかかった。

「あぐぁっ！　くっ、肋骨《ろっこつ》を何本かやられたか。しかし、まさか、これも……」

テトラポッドの攻撃を凌《しの》いだ勇二を次に襲ったのは、海水だ。竜巻の如く宙を舞う水流が彼の身体を丸ごと呑み込んだのだ。

全ては、怒りに身を任せたあまり、覚醒《かくせい》した刻印の力を全て解放させた鴉丸が為《な》したことだった。もはやそれは格闘家同士の闘いではない。

海水による竜巻の中、勇二は窒息寸前という危機を逆手に取り、生死の狭間《はざま》にならねば使えない奥義『飛翔竜極波』で脱出を果たす。

「げほっ、ごほっ……ど、どういうことだ、鴉丸。お前も格闘家のはずだろうが……それをこんな……そこまで堕《お》ちたか！」

「勘違いするな、魔神勇二。今のは余興だ。俺が本気で刻印の力を出せば、このくらいのことは容易《たやす》いということを……つまり、世界の破滅が不可能ではないというデモンストレーションに過ぎない」

そう嘯《うそぶ》きながら鴉丸は何かの攻撃を数発放ち、勇二はそれらを間一髪でかわした。

鴉丸の攻撃の正体は、以前に核ミサイルを消滅させた閃真流神応派奥義『天陣神舞』で、信じられないことに鴉丸はそれを全く気を溜めることなく、しかも連発したのだ。

「ふっ、いつまで避けきれるかな」

鴉丸の奥義の連発は続く。おそらく閃真流人応派奥義の一つ、『命流仙《めいりゅうせん》』のような体力や気を回復させる技を、鴉丸は刻印の力で常時自らにかけているのだろう。

対照的に、勇二は防御と回避を繰り返しながら、気を溜め込む。

それを察して、鴉丸は嘲笑《ちょうしょう》を見せる。

「くくくっ……究極奥義『波陣滅殺』か。確かに、今の貴様にはその手しかあるまい」

「……知ってるのか、鴉丸。『波陣滅殺』のことを」

「さすがに会得まではしていないが知っている。だが、究極奥義とは笑わせてくれるな。『究極』などと自ら限界を作ってしまうとは……それが人応派の甘さだ！」

武道家の進む道に終わりはない……鴉丸はそう言いたいのだろう。その点については、勇二も頷けるものがあって異議は唱えなかった。

「我が神応派は違う！　神応派とは、神の拳を得る流派……すなわち、神をも滅する力を持とうとする今の俺に相応しきものよ！　下らぬ人応派など、閃真流の名もおこがましい」

これには勇二も言葉を返さずにはいられない。

「下らぬ、だと……俺や勇一兄さんが精進してきたものを下らぬ、だと！　鴉丸！　ならば、俺が見せてやろう。閃真流人応派の基本であり、目指すもの……人を生かす拳を！」

勇二が気を溜めていたのは、究極奥義『波陣滅殺』を撃つ……ためではなかった。

まだ幼い頃、兄の勇一の勇姿に憧《あこが》れ、自分も強くなりたいと願い、教えてもらった基本中の基本、『正拳突き』に勇二は全てを懸けるつもりだったのだ。

勇二の構えから、鴉丸も彼の意図に気付いた。

「貴様……舐めるなぁ！　閃真流神応派奥義で塵《ちり》となれぇぇっ！　天破雷神槍……天陣神舞……飛翔天極波……破ぁぁぁぁぁぁぁぁぁ！！！」

「我、既に炎なり。されど今……我は更なる炎、烈火とならん！　今こそ全ての力を我が拳に託す……破ぁぁぁぁぁぁぁぁぁぁ！！！」

ドッゴォォォォォォォォン！！！

三つの奥義を一度に放った、波涛《はとう》の如き鴉丸の力が勇二を呑み込んだ。

だが！　だが！　だが！　だが！　だがぁぁぁぁっ！

勇二の拳は波涛に穴を穿《うが》った。拳大の穴は周りの気を螺旋状《らせんじょう》に巻き込みつつ、広がる。

そして、そこから放たれた正拳突きが鴉丸の身体を貫いた！！！

満ち潮による波が二人の身体に当たる。勇二が鴉丸に拳を打ち込んだまま、微動だにせず静止した二人の身体に。

「そうだ……思い出した……俺も最初は馬鹿《ばか》みたいに何度も拳を突き出して……強くなりたいと願い、何度も、何度も……そうだったよな……魔神勇二よ……」

波が引き潮になると同時に、ゆっくりと鴉丸の身体が倒れていった。

「鴉丸……お前は本当に世界を破滅に導くつもりだったのか？」

勝利の実感よりもただ茫然《ぼうぜん》と何かを成し遂げた達成感に浸っていた勇二は、自らの足元に倒れる鴉丸にそう尋ねた。それは、ある意味、答えを必要としていない質問だった。

「さあな……だが、俺が負けたのは、確かだ……敗者には何も望む権利は……あとは……貴様の……好きに……しろ……」

鴉丸は左腕をかざした。すると、そこにある刻印の輝きが青から赤へと変わり、やがて消えた。そして……勇二の左腕に新たに刻印が刻まれる。

ここに史上初めて、破滅の刻印が一人の人物に託されたのだった。

「俺はこんなことを望んでは……えっ？　鴉丸……？」

以前に鴉丸は「刻印の力を持つ者に、物理法則は通用しない」と語った。まるでそれを証明するように鴉丸に通常の死は訪れず、その身体は粒子状の光へと変わり、宙に霧散していった。

それが鴉丸の望んだことなのか、それとも刻印の力を失った者の定めなのかは、勇二にも分からない。だが、鴉丸が消える直前に手を広げて彼を迎えるように一瞬、雪の姿が見えたのは錯覚であってほしくないと、勇二は思った。

無論、これで全てが終わったわけではない。

それは、この決着の瞬間を待っていたかのように、突如、空に現れた。

「あれが……『破滅を招くもの』……」

茜色《あかねいろ》の空を覆い尽くすほどの巨大な物体、想像上の天使の姿にも似た『破滅を招くもの』が勇二を目指して降臨する。

「お前が、この地球に最後の審判とやらを下そうとしているのかどうかは分からない……だが、お前がこの刻印で俺や鴉丸……他にも大勢の人たちを『運命』という名のもとに弄《もてあそ》んできたことは間違いない！」

勇二はよろける身体にもう一度活を入れ直し、足を踏ん張る。

「そして……あいにくだが、俺は神になどなる気はない。だから、今ここでお前を倒させてもらう……閃真流人応派究極奥義……波陣滅殺ぅぅぅっ！！！」

両の腕の刻印が真紅の炎と化した勇二から、究極奥義『波陣滅殺』が放たれた。

それを受けた『破滅を招くもの』には、その慈愛に満ちた笑みを見せていた表情に、「何故？」というような疑問の色が浮かんだ。

「まだだ……まだまだぁっ！　消えろぉぉぉぉっ！　波陣滅殺ぅぅぅぅぅぅっ！！！」

勇二はひたすら『波陣滅殺』を放ち続ける。魂の全てを込めて。

やがて、『破滅を招くもの』の顔に哀れむようなものが見えた時、それは静かに消滅していった。断末魔の叫びを吐くまでもなく、ただ静かに……おごそかに……。

全てが終わり、遂に力尽きた勇二は砂浜に倒れ伏した。

その両腕から刻印がゆっくりと消えていく。

勇二はそれに気付いてはいない。薄れゆく意識の中、彼は何かに対して祈っていた。

「明日を……」と。ただ、「明日を……」と。

…………………。

………………。

…………。

……。

第十二話　最後の死闘、明日への闘い

「おにいちゃん、起きて……おにいちゃぁあん！」

妹、恵の声で、勇二はベッドの上で目を覚ました。

勇二にとっては、いつもの日常。しかし、それはとうに失ったはずの日常だった。

驚いて、勇二は布団を跳ね飛ばして起き上がる。

「なっ……！　め、恵！　お前がどうして……？　まだ俺は夢を……」

「日曜日だからっていつまでも寝てたら、駄目だよぉ……って、ん？　どうしたの、おにいちゃん？　熱でもあるの？」

心配そうな顔で、恵がコツンと額を勇二に当ててくる。

勇二がいるのは焼け落ちたはずの自宅の部屋だ。そして、目の前にいるのは墓地で遭遇した魂だけの恵ではなく、実際に生きている恵だった。

勇二はその事実を確かめようと、力いっぱい恵を抱きしめる。

「きゃん！　お、おにいちゃん？　嬉しいけど……ちょっと苦しいよぉ」

「あっ……すまん。本当に恵なんだな。夢じゃないんだな。だが……そう、あの時、鴉丸と闘って……そして、『破滅を招くもの』を……」

「あっ、分かった！　おにいちゃん、きっと怖い夢でも見たんだね。ふふっ♪　おにいちゃんでもそんなことあるんだ。なんか、可愛《かわい》い！」

「怖い夢って……いや、そんな馬鹿な……あれが夢だったなんて……」

困惑のまま、とりあえず勇二は着替えて自室を出て居間へと向かう。

そこでも、やはり勇二には衝撃が待っていた。亡くなったはずの父母の存在は半ば予想していたが、兄の勇一まで居間にいたのだ。

「兄さん？　本物の勇一兄さんなのか？　まさか、又、クローン体というわけでは……」

「おいおい、勇二。何を言ってるんだ？　服の色が違う俺の偽者にでも会ったのか？」

「あのね、勇二おにいちゃんったら、まだ寝ぼけてるみたいなの。許してあげてね」

「いや、恵がそう言っても俺が許さん！　寝ぼけるなど、気合が足りぬ証拠だ！　もうじき俺の親友が訪ねてくるから、今日の午後は二人でみっちり鍛えてやる。いいな、勇二！」

少しして、勇一の言葉にあった『親友』が訪れてきた時、又しても勇二は驚かされる。

「……すみません。朝早くからお邪魔して……ほら、雪もちゃんと挨拶して」

そう、勇一の親友とは、髪を肩まで伸ばし温和な表情をしているが、紛《まぎ》れもなく鴉丸羅喉であった。その横には妹の雪もいて、ペコリと頭を下げて挨拶をする。

「あのぉ……鴉丸雪です。はじめまして」

「ふっ……相変わらず仲のいい兄妹だな、鴉丸。うちの可愛い妹君は弟の勇二にべったりだから、少し羨《うらや》ましいぞ」

「ぶ〜〜っ！　べったりなんかじゃないってばぁ。あっ、こんにちは、雪ちゃん。私、魔神恵。よろしくね。はいっ、これで雪ちゃんと私はもうお友達♪」

そんな和やかな雰囲気の中、一人、狐《きつね》につままれたような心境の勇二は、外の様子を確かめようと家を飛び出した。

そこにもいつもと変わらぬ街並みがあるだけで、勇二は一応、自宅の外観を確かめてみるが、やはり火事で焼けた跡も新築した様子もなかった。

「……おはよう、勇二くん♪」

背後から声をかけられ勇二が振り返ると、そこにはまゆが立っていた。

「まゆ……これって、その……いや、なんでもない」

「『まゆ』って……変な勇二くん。いつも、『秋月』って呼ぶくせに」

その言葉を聞いて「やはり、そうか……」という顔をする勇二。その胸に向かって、いきなりまゆが身体を飛び込ませる。

「冗談よ、勇二くん。だから、勇二くんが一人で闘ってたのも夢じゃないよ」

「えっ……？　じゃあ……」

「そう！　勇二くんが私を贄になる運命から助けてくれたのも、実際に起きたこと……それに、今こうなってるのもたぶん勇二くんが頑張ったからだと思うよ」

抱き合っていた勇二とまゆに、誰《だれ》かの「コホン」という咳《せ》き払いの声が向けられる。

見ると、そこには三人の女の子たちの姿があった。

「どうして、こんな風になったかというと……刻印の力を使った結果じゃないかと、来夢は睨《にら》んでるの。来夢たちだけはそれが分かるというか、記憶が残ってるのも、たぶん勇二お兄ちゃんと刻印の一件に深く関わったから……じゃないかな」

そう言いながら、お供のロボイド『さんちゃん』に命じて、抱き合う勇二とまゆの間に割り込ませて二人を引き離すことに成功したのは、来夢だった。

「刻印の力とは、やはり純粋なる力だったのですね。ですから、勇二さまの思いに反応して……やはり勇二さまは欲張りです。でも、それを叶《かな》えてしまうのだから、びっくりです」

そう言って、モグモグとよもぎ餅を頬張ったのは、萌木だった。

「コホン……ほとほと呆《あき》れた奴だな、そなたは。因果律というものを知らぬと見えるな。まあ、今回は許してやろう。そうだな、ガルムよ」

そう言った麗蘭の足元では、ガルムが機嫌よさそうに「具縷縷《ぐるる》…」と喉《のど》を鳴らせる。

どうやら来夢の推測通り、勇二は最後に残った刻印の力を使って諸々《もろもろ》の悲劇をリセットしたのが今の結果なのだろう。本人の意志というよりも、無意識に洩らした最後の祈りの言葉が呼び水となったのは明らかだ。

「さてと、まずは勇二お兄ちゃんを、来夢のパパとママに紹介しなきゃね」

「勇二さま、よもぎ餅の新作が待っています。あと、高枝バサミも」

「そなたが生き返らせたのだから、ガルムの世話はそなたの役目。頼んだぞ」

来夢、萌木、麗蘭が誘いをかけてくる中、勇二はとりあえず嫉妬《しっと》して少し頬を膨らませ

ている愛《いと》しき者の手を取った。

新しい明日へと続く道を歩き始めるために。

「さあ、まゆ……行こうか」

勇二は隣にいる愛する者に声をかけた。

これから何度もかけるだろう、その言葉を。

エピローグ

そして……数年後のこと。

日本から遠く離れたロシアの片田舎でのこと。

二人の少女が、見るからに怪しい男たち数人に追われていた。

少女たちは、姉妹なのか容姿はよく似ている。目立つ違いといえば、ブルーの長い髪を三つ編みにしているのだが、その本数だ。のほほんとした表情を浮かべている少女の方が二本、もう一人の少し気が強そうな少女の方は一本と。

「ほらっ、アンナちゃん。こっちに早く来るです!」

「で、でも、ミュシャ。そっちは行き止まりじゃあ……」

「でも、じゃないです! おねーちゃんの言うことは聞くものですよ」

「だから、お姉ちゃん風を吹かすのはやめてよね。少しばかり先に作られたからって……」

どうやら二人の少女は、三つ編み二本の方が姉のミュシャで、三つ編み一本の方が妹のアンナというらしい。しかし、余計な言い争いをしていたせいで、彼女たちは追っ手の男たちに囲まれてしまった。

「ふん! ようやく捕獲できそうだな。全く、てこずらせてくれた」

そう言って、ミュシャとアンナの前に一歩進み出たのは、追っ手の中のリーダー、『バンドリー』と呼ばれる男だ。その丸太の如《ごと》く太い腕からすると、彼が力でものを言わせるタイプだと自《おの》ずと分かる。

しかし、ミュシャもアンナも少しも怯《ひる》まず、バンドリーに対して身構えた。

「捕まるわけにはいかない……そうよね、ミュシャ」

「はい、です。ミュもアンナちゃんもパパさんの教え通り、いっぱい、いっぱ～～い勉強して、人間になるですから！」

「何が『人間になる』だっ！　貴様らは我が祖国の貴重な軍事機密に過ぎん。そういうふざけたことを言うなら、少し制裁が必要だな……ぬおおおっ、ゴルバチョーップ！」

ミュシャめがけてバンドリーの手刀が振り下ろされる、その時だった。

熊《くま》をも一撃で倒すその一撃を、片手で安々と受け止める者がいた。

「……事情は知らないが、そのくらいにしておくんだな」

静かにそう言った男は、ライダースジャケットにジーンズ姿、そしてその首にはどこかで見たような白いマフラーがたなびいていた。

「な、なんだ、貴様は……くっ、この力は……何者だぁっ！」

「閃真流人応派格闘術、継承者……肩書きはそれだけだ」

そう告げて掴《つか》んでいたバンドリーの腕を離したのは、誰《だれ》あろう、魔神勇二であった。

刻印絡みの一連の事件がすんだ後、鳳凰学園を卒業した勇二は日本を離れ、旅の空の下にいた。

勇二の旅の目的は、修行というだけでなく、例の『組織』の壊滅にあった。

そう、数々の悲劇はリセットされても、『組織』は消滅したわけではない。

いつ又、鴉丸の妹の雪や勇一を襲ったような悲劇が繰り返されるかもしれないと、勇二は世界を回り、今はまだ情報収集している最中であった。

「とにかく、そこをどけ、小僧！　まさか、そいつらを庇《かば》おうというわけではないだろうな。人間のように見えても、そいつらは『キラードール』という機械人形で……」

バンドリーの恫喝《どうかつ》に、勇二は突き出した拳《こぶし》で応《こた》える。

「機械がどうのこうのは関係ない。お前たちがよってたかって婦女子に乱暴しようとしている。俺《おれ》にとっては、それが問題なのだ」

勇二の新しい闘いが今、始まる……。

End

あとがき

どうも、これを読者の方々が読まれる頃には、ベイスターズとマリーンズのどちらか一つでも最下位じゃなかったらいいなぁと願う弱気なファン、高橋恒星です。

さて、上下巻のうちの下巻です。上巻に比べて売上げが低いとショックな下巻です。

原作ゲームをプレイされた方はお気付きと思いますが、ヒロインの一人、『杜若あやめ』が本書には登場しておりません。まあ、美咲も隠れヒロインの成美並みの出番しかありませんし、ミュシャに至っては……かくの如しではありますが。

あやめもチラリと登場させることを考えたのですが……例えば、上巻の第四話、自暴自棄になった勇二が街中であやめと遭遇し、結局、彼女の不幸に対して何もしてやれず、更に落ち込む……なんて展開で。しかし、どうもしっくりこないのでやめました。あやめファンの方は何卒御了承ください。

尚、本作では、これまで十作を越える筆者のパラダイムノベルスの作品において常に心がけていた、「原作ゲーム並みに。できれば、上回るぞ！」という要素をあえて外してみました。現在の心境は、その反響や如何に？といったところでしょうか。

では、読者の皆様とは、エロエロになる次回作（予定）でお会いしましょう。

二〇〇二年　五月　　高橋恒星

Only you《オンリーユー》 ～リ・クルス～ 下巻

2002年8月20日 初版第1刷発行

著　者　高橋 恒星
原　作　アリスソフト
イラスト　ささかま めぐみ

発行人　久保田 裕
発行所　株式会社パラダイム
〒166-0011東京都杉並区梅里2-40-19
ワールドビル202
TEL03-5306-6921 FAX03-5306-6923

装　丁　林 雅之
印　刷　株式会社秀英

乱丁・落丁はお取り替えいたします。
定価はカバーに表示してあります。